Fabian Vogt

Die Tochter des Verräters

Ein atemberaubender historischer Roman um Karl den Großen

BRUNNEN
Verlag Giessen · Basel

MIX
Papier aus verantwortungsvollen Quellen
FSC® C014496

www.brunnen-verlag.de
Lektorat: Eva-Maria Busch
Umschlaggestaltung: Sabine Schweda
Umschlagbild: akg images; shutterstock; istockphotos
Satz: DTP Brunnen
Herstellung: GGP Media GmbH, Pößneck
ISBN 978-3-7655-1590-3

Für Cotani

„Karl, allergnädigster, erhabener,
von Gott gekrönter, großer
Friede bringender Kaiser,
der das Römische Reich regiert
und durch Gottes Barmherzigkeit
auch König der Franken
und Langobarden ist.

Offizieller Titel Karls

Gutes Tun ist besser als gutes Wissen,
doch geht das Wissen dem Tun voraus.

Maxime Karls

Karl. Du bist ein Vorbild!
Für die Großen des Reiches –
beim Regieren ihrer Untertanen.
Für die Krieger – beim Ausüben ihrer militärischen Kunst.
Für die Kleriker – bei der rechten Betrachtung der Religion.
Für die Gelehrten – beim klugen Philosophieren.

Dungal (irischer Gelehrter)

1

In der Nähe von Fulda, im Jahr 788

Der Junge rannte den Bach entlang. Hinunter ins Dorf, das in der weiten Fulda-Aue lag, als hätte es jemand dort vergessen. Der schmale, ausgetretene Pfad war an diesem Morgen übersät mit abgerissenen Ästen und Gestrüpp, das der Sturm der vergangenen Nacht umhergeweht hatte. Der Zwölfjährige musste seinen Lauf immer wieder durch kleine Sprünge unterbrechen, um nicht zu stolpern.

Sein Atem klang jetzt flach und hoch und vermischte sich mit dem ersten Zirpen der Zikaden, während seine blassen Beine unermüdlich unter dem fleckigen Hemd hervorsprangen. Ein Hauch von Frühling wehte durchs Tal. Sanft. Vorangetrieben durch die letzten Böen des Unwetters, das nun vor der übermütigen Sonne flüchtete.

Endlich erreichte der Junge die ersten Hütten und wandte sich nach rechts zum Haus des Schmieds, das genau in der Mitte der Ansiedlung thronte. Ein hoch aufragendes Gebäude mit filigranen Schnitzereien und einer weiß grundierten Jahreszahl im Querbalken. Vor der Eingangstür hielt er keuchend an, schluckte mehrfach, schmeckte den metallenen Geschmack der

Anstrengung im Mund und wartete dann, bis sich sein galoppierendes Herz zumindest ein wenig beruhigt hatte.

Er lauschte aufmerksam den Kinderstimmen, die aus dem Inneren der Werkstatt drangen und gerade das kleine Einmaleins skandierten: „... drei mal sieben ist einundzwanzig ... vier mal sieben ist achtundzwanzig ... fünf mal sieben ist fünfunddreißig ... sechs mal sieben ist zweiundvierzig ...“

Immer noch schwer atmend öffnete der Junge die Tür und ging hinein. Auf dem Boden rund um den heißen Schmiedeofen saßen etwa fünfzehn Kinder zwischen vier und vierzehn Jahren und starrten gebannt auf den jungen Mann vor ihnen, der die Rechenübung anführte, als dirigiere er einen Chor im Gottesdienst: „... sieben mal sieben ist neunundvierzig ... acht mal sieben ist sechsundfünfzig ...“

Überrascht schaute der nicht besonders groß gewachsene Lehrer den Ankömmling an: „Lothar? Das ist aber eine Überraschung. Was machst du denn hier?“

Der Junge musste noch zweimal tief Luft holen und einen Hustenreiz unterdrücken, dann keuchte er: „Einhard, Einhard ... Ich bin ... Ich bringe eine Botschaft ... auf Geheiß ... von Abt Baugulf. Du sollst ... zu ihm kommen.“

Der Angesprochene nahm einen tönernen Krug vom Tisch und hielt ihn dem Boten hin: „Hier, trink erst mal einen Schluck Wasser. Was kann denn so dringend sein, dass der Abt mich jetzt sprechen muss? Während des Unterrichts?“

Lothar stieß die Luft aus. „Ich weiß ... es nicht. Er hat nur ... gesagt, dass ich dich ... holen soll. Und zwar sofort. So schnell ich kann.“

Einhard schnitt eine kurze Grimasse, dann griff er nach seiner groben Ledertasche und wies einen der älteren Jungen an, den Unterricht fortzuführen: „Arnulf, übt die Siebenerreihe und die Achterreihe. Die frage ich morgen ab. Außerdem möchte ich, dass ihr die Grammatik und die rhetorischen Regeln von gestern wiederholt. Verstanden?“

Als Arnulf mehr als eifrig nickte, folgte Einhard dem Boten nach draußen.

Schon nach wenigen Schritten, kurz nachdem sie das beschauliche Dorf verlassen hatten, wandte Lothar sich ungeduldig zu seinem Begleiter um. „Einhard! Was ist? Willst du nicht etwas schneller laufen? Ich meine: Es ist doch so wichtig.“

Der Angesprochene schüttelte lächelnd den Kopf. „Nein, wenn es ein echter Notfall wäre, hätte der Abt jemanden auf einem Pferd geschickt. So aber kommt es auf die paar Minuten wohl nicht an. Wie sagt der Kirchenvater Augustinus so klug: ‚Unruhig ist unser Herz, bis es bei Gott Ruhe findet.‘ Diese Ruhe sollten wir nicht allzu leichtfertig aufs Spiel setzen.“

Dennoch beschleunigte er seine Schritte ein wenig und folgte dem Jungen auf dem Pfad an der Böschung des Baches.

Nachdem die beiden etwa eine Viertelstunde schweigend gelaufen waren, blieb Einhard plötzlich stehen. Mit einem Lächeln in der Stimme rief er seinem Begleiter zu: „Also Lothar! Nun sag schon, was möchtest du mich fragen?“

Der Junge erstarrte mitten auf dem Weg und schaute mit großen Augen auf seinen Begleiter: „Woher weißt du …“

Einhard zuckte mit den Schultern. „Na, hör mal! Immer wieder schaust du mich kurz an, holst tief Luft und öffnest den Mund … um ihn dann wieder zu verschließen, als trautest du dich nicht, weiterzusprechen. Es schaut ein bisschen aus wie bei einem hungrigen Karpfen. Nun sag schon. Was bewegt dich?“

Der Junge blickte ertappt zu Boden. Er machte den Eindruck, als müsse er erst die richtigen Worte in sich finden. Schließlich sagte er langsam und mit einem Zittern in der Stimme: „Einhard, ist es wahr, dass in zwölf Jahren die Welt untergeht? Ist das wirklich wahr? Bitte, sag es mir. Sag mir die Wahrheit!“

Der Lehrer griff sich in die Haare, lief aber erst einmal weiter. Dann bemerkte er ruhig: „Das ist tatsächlich eine äußerst komplizierte Frage. Also: Der spanische Mönch Beatus von Liébana geht fest davon aus, dass es im Jahr 800 kommt: das Ende. Zumindest das Ende der Welt, wie wir sie kennen. Unwiederbringlich. Beatus hat deshalb vor Kurzem einen umfassenden, zwölfbändigen illustrierten Kommentar zur biblischen Apokalypse geschrieben, in dem er versucht, die Zeichen unserer Zeit sorgfältig zu deuten … Nebenbei bemerkt: Wir haben eine der wertvollen Abschriften davon in unserer Bibliothek … Und ich weiß, dass auch König Karl sich intensiv mit dieser Frage beschäftigt, seit er in Ingelheim weilt …“

Lothar unterbrach ihn, die Augen vor Angst geweitet: „Und? Fürchtest du dich denn nicht? Ich meine: Es ist doch gewiss schrecklich, tot zu sein … einfach nicht mehr da zu sein. Wenn all das hier …“, er deutete auf die Landschaft um sich herum, „… für immer vergeht. Belastet dich dieser Gedanke gar nicht?“

Einhard setzte nachdenklich seinen Weg fort. „Darüber habe ich noch nicht nachgedacht. Aber wenn du mich so fragst: Nein, ich fürchte mich nicht. Weißt du, das griechische Wort ‚Apokalypse‘ heißt eigentlich gar nicht Welt*untergang*, wie viele meinen, sondern eher Welt*aufgang*. Und wenn Gott die Welt noch einmal neu aufgehen lassen möchte, dann wird er dafür gute Gründe haben … Außerdem denke ich meist: Was bringt es, sich um Dinge zu sorgen, die man doch nicht ändern kann? Nichts! Gar nichts bringt das. Überhaupt nichts. Es vergrämt einem nur die Tage.“

Der Junge weinte jetzt. „Aber ich will nicht sterben. Und bestimmt nicht so früh.“

Jetzt blieb sein Begleiter stehen. „Wer will das schon? Und doch haben wir wenig zu befürchten, wenn unser Herz rein ist."

Lothar schaute ihn an. Lange. Schließlich murmelte er betreten: „Und wenn meines nicht rein ist?"

Einhard nahm seine Hand. Er drückte sie. Energisch und tröstend zugleich.

„Dann vertraust du ganz fest auf Gottes Gnade. Und glaub mir, die unfassbare Gnade des Himmels ist um einiges mächtiger als alles, was ein zwölfjähriger Junge falsch machen könnte. So, und jetzt komm, lach mal wieder!"

Wenig später erreichten die beiden das Kloster Fulda.

Nachdem Einhard seine Tasche an der Pforte abgegeben hatte, wurde er den rötlichen Gang entlang zur Abtei geführt. Abt Baugulf erwartete ihn schon. Neben dem kahlköpfigen Leiter des Klosters standen zwei herausgeputzte Adelige, die den eintretenden Lehrer unverhohlen musterten. Neugierig und selbstbewusst zugleich.

Missi, durchfuhr es Einhard, der die prunkvollen Kleider der Männer erkannte, Missi dominici! Das sind Boten des Königs, wie üblich ein geistlicher und ein weltlicher Gesandter. Nur: Was wollen diese Leute hier? Schließlich hat Karl unserem Kloster im Jahr 774 huldvoll die Immunität verliehen. Es arbeitet völlig unabhängig. Ist der König immer noch erbost, dass unser eigenwilliger Abt den Verschwörern um Graf Hardrad vor zwei Jahren im Kloster Fulda Kirchenasyl gewährt hat? Das wäre unschön. Aber verständlich. Es war für Karl eine persönliche Kränkung, dass seine Macht vor unseren Klostermauern an ihre Grenzen kam. Allerdings hat er sich später an seinen Feinden ja mehr als grausam gerächt.

Wie dem auch sei: Missi wie diese sollten lieber bei den Gaufürsten und Statthaltern ihres Herrn nach dem Rechten sehen, anstatt den heiligen Frieden Fuldas zu stören. Seltsam, seltsam. Was mag sich der König von uns erhoffen? Von einer Klostergemeinschaft?

Baugulf deutete auf die beiden Männer. Sein Nasenflügel zuckte. „Einhard, diese Herren wünschen, mit dir zu sprechen."

Der rechte der beiden, ein bärtiger, blonder Hüne, hob nur kurz die Hand zum Gruß, dann trat er einen Schritt vor und deutete auf den Tisch. „Hast du diese Abschrift der ‚Epistula de litteris colendis' angefertigt?"

Einhard zuckte unmerklich zusammen. Er beugte sich nach vorne und sah sofort, dass das reich verzierte Pergament eine seiner Arbeiten war. Die sanft geschwungenen Ligaturen an den Buchstaben. Der weiche Federstrich. Die etwas gedrungenen Unterlängen. Den ganzen letzten Sommer hatte er in brütender Hitze an seinem wuchtigen Pult im Skriptorium gestanden und die Zeit damit verbracht, das kritische Sendschreiben des Königs zu kopieren – einen Text, den sicherlich Alkuin, der neue Leiter der Hofschule, für seinen Herrn verfasst hatte.

Der gelehrte Brief ermahnte das Kloster Fulda eindringlich zur Pflege von Bildung und Wissenschaft und warnte zugleich – wen wunderte das nach der Geschichte mit dem Kirchenasyl – vor der Einmischung der Geistlichen in weltliche Rechtsgeschäfte. Einige Passagen konnte Einhard noch immer auswendig:

> Wir Karl, durch die Gnade Gottes König der Franken und Langobarden und Schutzherr der Römer, richten einen Gruß der Liebe an dich, Abt Baugulf, und an deine ganze Gemeinschaft.

Der Herrscher hatte sich in der Epistula zu Recht beschwert, dass die Sprache vieler Mönche nach wie vor unbeholfen und derb sei:

Wer sich bemüht, Gott durch eine wohlgefällige Lebensweise zu gefallen, der wird sich auch darum bemühen, ihm durch eine korrekte Redeweise zu gefallen. Es steht doch geschrieben: ‹Entweder wirst du aus deinen Worten gerechtfertigt oder nach deinen Worten verdammt. In der Mehrzahl der Zuschriften, die uns erreichen, fanden Wir zwar einen ordentlichen, tüchtigen Gedankengang, aber eine ungeschliffene Sprechweise, weil die ungebildete Zunge das nicht fehlerfrei ausdrücken konnte, was im Herzen die fromme Ergebenheit diktierte. Deshalb erwachte in Uns die Sorge, es möchte bei dem Mangel an rhetorischem Können auch an der Einsicht und Erkenntnis der Heiligen Schriften fehlen. Und doch wissen wir alle, dass Sinnfehler noch weit verhängnisvoller werden können als Sprachfehler.

Die kostbare Fuldaer Abschrift dieser Ermahnung, die Einhard im vergangenen Jahr angefertigt hatte, war für Bischof Angilram von Metz bestimmt gewesen, der sie als offizielle Lehrschrift auch an weitere Abteien senden sollte. Denn natürlich hatte Alkuin recht: Wer sich nicht klar ausdrücken konnte, bei dem konnte man auch nicht sicher sein, dass er die Bibel richtig interpretierte. Deshalb musste dringend etwas für die Weiterbildung der Mönche getan werden. Ein wertvoller Gedanke.

Und nun lag das Pergament wieder vor ihm.

Fragend schaute Einhard die beiden Gesandten an. Diese schienen ihn mit ihren Blicken zu durchbohren. Der etwas kleinere der beiden fragte mit scharfer Stimme: „Kann es sein, dass du …“ Er machte eine kunstvolle Pause. „… dass du als … als bestallter Abschreiber … in diesem offiziellen

Text etwas geändert hast? Sag uns: Kann das sein? Kann so etwas sein?“

Instinktiv trat der Angesprochene einen Schritt zurück. Einen großen Schritt.

Verflixt! Sie hatten es gemerkt.

Beim Kopieren der Vorlage war ihm damals aufgefallen, dass in dem Manuskript mehrere holprige Sätze den Fluss der Argumentation unschön gehemmt hatten. Ja, sie hatten den erhofften Verlauf der Gedanken geradezu unterbrochen. Gestört und verwirrt. Ein Mangel, der ihm in einem Sendschreiben über „Rhetorisches Können“ doch äußerst unpassend erschienen war.

Mehr noch, sprachliche Unsauberkeiten waren etwas, das Einhard im wahrsten Sinne des Wortes Schmerzen zufügte. Er liebte seit jeher klare Gedankengänge, inspirierende Sprachbilder und feinsinnige Formulierungen. Die Kraft der Worte, die in der Lage war, selbst den kompliziertesten Text in ein Kunstwerk zu verwandeln. Die Schönheit der Wendungen und Begriffe. Ja, Sprache konnte wie Gesang sein, wunderschön – aber auch wie viehisches Geblöke oder Gebrüll. Leider.

Also hatte er in jugendlichem Übermut einige Passagen der „Epistula de litteris colendis“ … nun, sagen wir … ein wenig „umformuliert“, sie geglättet und vorsichtig poliert. In der Gewissheit, dass es niemand bemerken würde. Aber … Natürlich war er ein Narr. Ein überheblicher, selbstsüchtiger, verblendeter Narr. Wie hatte er, ein kleiner Schreiber im Kloster Fulda, ernsthaft glauben können, dass der weise Alkuin, der Gelehrteste aller Gelehrten, der klügste Mann, der überhaupt im fränkischen Reich zu finden war, eine derartige Freveltat nicht entdecken würde?

Einhard bekam weiche Knie. Was nun? Sollte er die Tat abstreiten? Alles weit von sich weisen? Oder sich einfach dumm stellen? „Ich? Ich weiß von nichts!“ Nein, das Manuskript vor ihm war unbestreitbar seine Abschrift. Leugnen war also zwecklos. Insofern blieb ihm wohl nichts anderes übrig, als zu seinen Missetaten zu stehen. Was für ein unglückseliger Tag. Eine königliche Urkunde fälschen: Welche Strafe darauf wohl stand?

Einhard seufzte tief. Dann hob er ein wenig trotzig das Kinn und sagte mir rauer Stimme: „Ja, das habe ich. Ich habe den Text geändert."

Schnell fügte er hinzu: „Aber glaubt mir: Niemals hätte ich es gewagt, den Sinn der Worte in irgendeiner Weise zu verfälschen oder zu entstellen … auch nur ein Jota zum Inhalt hinzuzufügen … oder gar wegzunehmen. Nein … nur … nur … nur schien es mir, als könnte ich das Wohlgefällige der Worte … noch ein wenig wohlgefälliger machen, etwas runder, ansprechender, klangvoller. Nur einen Hauch. Ich hatte dabei ausschließlich beste Absichten. Bitte verzeiht mir diese unglaubliche … diese sündhafte Anmaßung."

Das Gesicht Baugulfs verfinsterte sich. Offensichtlich war der Abt über die ungeheuerliche Anschuldigung gegen die klösterliche Schreibstube von den Missi im Vorfeld nicht informiert worden. Und nun lag das „Corpus delicti", das schandvolle Beweisstück, aufgeschlagen vor ihm auf dem Tisch.

Eine mehr als unangenehme Situation. Denn eine derartig schwere Verfehlung konnte dem Ruf des im ganzen Land geachteten Reichsklosters schweren Schaden zufügen. Wenn sie denn bekannt wurde. Und das ganze Dilemma war auch noch von seinem begabtesten Schüler ausgelöst worden. Dem Vorbild im Skriptorium. Wie sollte er damit umgehen? Nun, zumindest musste er jetzt und hier einen klaren Verweis aussprechen und eine angemessene Sanktion andeuten.

Baugulf streckte seinen Nacken energisch durch und sah Einhard missbilligend an. Er holte tief Luft …

Doch die beiden Gesandten fingen auf einmal an zu grinsen. Der Bärtige deutete auf das Manuskript und hob schelmisch eine Augenbraue an.

„Nun, Alkuin ist von deinen rhetorischen Künsten offenbar beeindruckt. Sehr sogar. Von deiner Schrift und von deinen ungewöhnlichen Fertigkeiten in der Sprache. Kurz und gut: Deine Verbesserungen haben ihm gefallen. Und glaube mir, es passiert nicht oft, dass Alkuin jemanden so überschwänglich lobt. Dein Kloster hier ...", er nickte Baugulf anerkennend zu, „... kann stolz auf dich sein. Sag mir, Junge: Wie alt bist du?"

Einhard stotterte: „Achtzehn Jahre!"

„Gut, Einhard, dann pack deine Sachen. Und zwar sofort. Wir nehmen dich nämlich mit. Alkuin möchte, dass du ihn während des kommenden Reichstags in Ingelheim im Skriptorium der Hofkanzlei unterstützt. Der König wird dort im Sommer mit den Obersten des Reiches viele theologische, wirtschaftliche und rechtliche Fragen zu klären haben – und das bedeutet, wie du dir sicher denken kannst: Es gibt einen Haufen neuer Schriftstücke. Da darfst du dann beweisen, ob du wahrlich so ein begnadeter Jongleur der Worte und der Sprachbilder bist."

Der andere fügte knapp hinzu: „Wir reisen früh im Morgengrauen ab. Ich hoffe, du kannst reiten."

2

Seligenstadt, im Jahr 839

Wie jung ich damals war. Achtzehn Jahre. Fast mag ich es nicht glauben. Nun werde ich bald siebzig und spüre, wie mir das Leben zwischen den Fingern zerrinnt. Vor allem, da sich ein widerwärtiger, rauer Husten in mir eingenistet hat, mit dem ich seit Tagen mein letztes bisschen Kraft von mir gebe.

Viel Zeit ist mir wohl nicht mehr vergönnt. Nur noch der eine oder andere kurze Spaziergang an den steinigen Ufern des Mains. Dort, wo die Wellen mit einem sanften Gluckern an die Böschung schlagen und die Schwäne gelassen ihre Bahnen ziehen. Dann werde ich in Frieden gehen können.

Eben war Candidus bei mir, der treueste meiner Schüler. Er berichtet stolz, dass die Bauarbeiten an der Basilika wie geplant voranschreiten. Die Steinmetze arbeiten mehr als eifrig an dem Triumphbogen vor dem Chorraum … und die Schreiner stehen bereits kurz vor der Aufrichtung des mächtigen Dachstuhls. Ob ich die festliche Einweihung des Gebäudes noch erleben werde?

Ach ja, und dann erwähnte Candidus beiläufig, dass das Volk die zukünftige Abteikirche schon jetzt nach mir benannt habe. Überall sagen sie: „Einhardbasilika." Einhardbasilika! Welch ein Irrsinn! Welch eine Anmaßung! Denn eines weiß ich genau: Ich bin kein Heiliger. O nein, das bin ich ganz gewiss nicht. Im Gegenteil. Ich habe ja nicht einmal die geistlichen Weihen. Ich bin nur ein alt gewordener Gelehrter, ein müder Kunstsachverständiger, ein Architekt, aber niemand, nach dem eine Kirche benannt werden sollte. Schon dass ich hier im Kloster als Laienabt wirke und das geistliche Leben der Brüder lenke, klingt für mich nach einer Ironie des Schicksals.

Die neue Basilika, die wir errichten, verdient einen größeren, einen ganz großen Namen, nämlich den der beiden Märtyrer, deren kostbare Reliquien sich im Besitz unserer Gemeinschaft befinden: Marcellinus und Petrus. Sie werden unsere Basilika mit ihrem Segen erfüllen. Sie sind wahrhaft heilig.

Ich habe Candidus mehrmals gefragt, ob ich dagegen angehen soll, dass die Menschen den Neubau derart respektlos mit meiner Person verbinden. Aber er meinte, das sei zwecklos. Das Volk mache ohnehin, was es wolle. Es habe ja sogar unseren Ort ungefragt umgetauft: von Obermulinheim in Seligenstadt – weil wir eben die bedeutenden Überreste der frommen Männer besäßen und weil in diesem Namen die Nähe Gottes so spürbar und wohltuend anklänge: Seligen-Stadt. Die Stadt der Seligen. Die Stadt der Glücklichen. Die Stadt der vom Himmel Beschenkten.

Außerdem, was soll's? Dann wird die neue Basilika in den Schänken, auf den Märkten und in den Gassen eben „Einhardbasilika" genannt. Und da ich die Baupläne mit eigener Hand erstellt habe, mag es dann doch so falsch nicht sein, dass mein Vermächtnis sich auch im Namen eines Gotteshauses wiederfindet.

Jetzt verbringe ich die letzten Monate meines Lebens hier im beschaulichen „Seligenstadt" und spüre dennoch, dass mich die Erinnerung an damals überfällt wie ein Orkan. Als gälte es, Bilanz zu ziehen. Ja, ich habe dem kleinen Lothar damals die Wahrheit gesagt. Ich fürchte mich nicht vor dem Ende. Vor meinem Weltaufgang. Mein Leben war ein einziges Säen – da mache ich mir um die Früchte keine Sorgen.

Dass ich nun nicht mehr als Leiter der Hofschule und Alkuins Nachfolger in Aachen lebe und arbeite, liegt natürlich an Ludwig, dem Frommen. Pah. Schon wieder so ein ganz und gar verfehlter Titel. Der „fromme" Ludwig hasst nämlich seinen Vater Karl aus ganzem Herzen. Deshalb versucht er ja auch, als Thronfolger das Andenken des verstorbenen Kaisers zu beschmutzen. Was für ein Armutszeugnis! Was für ein Elend!

Ja, je länger Karl tot ist, desto harscher wird Ludwigs Ton. Und umso gehässiger wird seine Kritik an der Biografie, die ich über den großen Kaiser geschrieben habe, von dem ich mit Fug und Recht behaupte, dass er „alle Herrscher seiner Zeit an Weisheit und Seelengröße überragte". Doch das mag der neue Regent nicht hören. Kein Wunder.

Anfangs zehrte Ludwig noch gerne von dem Ruhm seines gloriosen Vaters. Ja, da wollte er unter allen Umständen ein würdiger … ein angemessener Nachfolger sein. Und nun … tja, nun möchte er der ganzen Welt beweisen, dass er nicht minder bedeutend ist. Ludwig der Fromme. Dass ich nicht lache … heruntergewirtschaftet hat er das gewaltige Reich seines Vaters, innerlich ausgehöhlt und destabilisiert.

Neulich bezeichnete jemand am Hof meine „Vita Karoli Magni", mein inniges Zeugnis über das Leben Karls des Großen, ganz offen als „Lügenmärchen", als „infames Gespinst aus Legenden und Beschönigungen". Nun, was soll ich dazu sagen? Jede Geschichte wird aus der Perspektive der Sieger erzählt. So war es zu allen Zeiten. Einer entscheidet mit seiner Schreibfeder, welche Facetten eines Herrschers der Nachwelt überliefert werden.

Und ich … ich hatte nun einmal den Auftrag, in der „Vita" den heldenhaften Werdegang des ersten fränkischen Kaisers niederzuschreiben, des „Defensor ecclesiae", des Verteidigers der Kirche, des „Erhabenen Leuchtturms", dessen riesiges Reich von der Nordsee bis an die Adria und von Bayern bis an den Atlantik reichte.

Hätte ich da seine häufigen Blähungen, seinen gelegentlichen Mundgeruch und seine Wutanfälle erwähnen müssen? Selbstverständlich nicht. Wen interessiert das noch in hundert Jahren? Am Ende sind es doch die heroischen Taten, die wir in Erinnerung behalten. Nicht, was einer besaß oder wie, wann und mit wem er seinen täglichen Mittagsschlaf hielt.

Dabei fand ich es schon sehr mutig von mir, dass ich in der „Vita" auf so viele Makel des Kaisers deutlich hingewiesen habe. Auf seinen weichen Hängebauch und die fast weiblich hohe Stimme, die zu dem massiven Körper gar nicht zu passen schien. Auf seine zu groß geratene Nase und den gestutzten Hals, auf seinen Eigensinn, auf seine Tendenz, zu viel und vor allem zu lange zu reden, auf seinen Wunsch, immer im Mittelpunkt zu stehen, auf seinen unregelmäßigen Lebenswandel und auf seine Neigung zur Völlerei.

Also behaupte keiner, ich hätte ausschließlich Karls positive Seiten aufgeführt. Im Gegenteil: Ich habe ja sogar angedeutet, dass der Kaiser weder richtig lesen noch schreiben konnte. Er, der ruhmreiche Schirmherr der Bildung, der Mäzen der Wissenschaft, der weitsichtige Reformator der heiligen christlichen Kirche brachte selbst nicht mehr als ein Gekritzel zustande. Welch ein Farce. Mit einem schlichten schrägen Haken hat er seine Dokumente unterzeichnet. Ich zumindest finde, dass ich ehrlich war. Zutiefst ehrlich. Mehr noch: gefährlich ehrlich.

Aber ich gebe es dennoch zu. Natürlich ist meine „Vita Karoli Magni" zugleich eine Art „Heiligenlegende". Ja, ich habe die Biografie Karls achtsam und hingebungsvoll stilisiert, ich wollte ihr den gleichen Glanz verleihen, den auch die Lebensbeschreibungen der römischen Kaiser ausstrahlen. Schließlich war das Karls innigster Traum gewesen: das römische Reich wiedererstehen zu lassen – und zwar noch schöner als damals. Ein zweiter Konstantin wollte er sein. Was lag da näher, als dem Kaiser einen literarischen Lorbeerkranz aufzusetzen?

Na und? Ist es denn nicht das Recht … nein … sogar die Pflicht der Literaten und Poeten, die Dinge zu veredeln? Wer die Geschichte eines Herrschers liest, der hört lieber von den Siegen als von den Niederlagen. Oder nicht? Ich meine: Dass Karl, der „Carolus Magnus Imperator", bei vielen auch den Beinamen „Der Sachsenschlächter" hatte, weil er 782 bei Verden an der Aller viereinhalb-

tausend unbewaffnete Sachsen brutal ermorden ließ – wer möchte das wissen? Soll sein einzigartiges politisches Erbe hinter einigen bedauerlichen Ausrutschern verblassen? Ein Mensch ist doch viel mehr als seine Makel.

Auch wenn es davon in der Persönlichkeit des Frankenfürsten wahrlich einige gab. Aber die kannte doch ohnehin jeder. Wollte ernsthaft jemand lesen: „Karl hatte mit acht Frauen mindestens achtzehn Kinder, acht Jungen und zehn Mädchen. Und nicht alle diese Mütter waren auch seine Ehefrauen." Nein, das möchte keiner erfahren. Das sind doch Lappalien. Nebensächliche Banalitäten, die nur deshalb so einen großen Schatten auf das Leben Karls werfen, weil er ein derart strahlendes Licht war. Kurz und gut: Ich schäme mich meiner Worte in der „Vita Karoli Magni" nicht …

Nur dass ich Cotani nicht erwähnt habe, das nagt noch immer an mir. Jeden Tag. Jede Nacht. Jede Stunde. Und jedes Mal, wenn ich gedankenverloren die Augen zumache, dann … dann bin ich wieder achtzehn Jahre alt … bin wieder in Ingelheim in der Königspfalz und sehe sie vor mir. Viel mehr noch: Ich rieche sie. Ihren Duft … diese feine Mischung aus Mandelblüten, Vanille und frischem Mädchenschweiß. Er erfüllt mich. So … wie jetzt gerade. Ich möchte aufhören zu atmen und ganz darin versinken.

Cotani war eine junge Frau und zugleich wie ein reifer Wein. Mit einem Bukett aus Sehnsucht und Süße. Trunken war ich … wenn sie in meine Nähe kam … und trunken bin ich noch immer. Von ihr. Seit mehr als fünfzig Jahren.

Noch bevor ich Cotani das erste Mal gesehen habe, schlich sich ihr betörender Duft in meine Nase. Lockte mich an wie der Nektar die Bienen. Das weiß ich noch. Ich sog diesen schmerzlich süßen Geruch ein, wurde davon erfasst, geriet in einen sinnlichen Taumel und musste mich einfach umdrehen. Zu ihr. Wie von einer unsichtbaren Macht gesteuert.

Und da stand sie: ganz ernst. Doch ihre Augen lachten. Ihr rotblondes, gelocktes Haar umrankte ihre feinen Züge wie ein geschnitzter Bilderrahmen, und ihre Augenbrauen waren über den markanten Lidern ein wenig hochgezogen. Kritisch? Spöttisch? Überheblich? Ich kann es nicht sagen.

Ich weiß nur, dass in diesem Augenblick etwas in mir erwachte, das ich in dieser Form nicht kannte, etwas, das all die Jahre in mir gewartet hatte und nun kraftvoll nach außen drängte – ein mehr als körperliches Verlangen nach Vereinigung, nach Vertrautheit und Verbindung. Als könne sie … als könne Cotani mich vollenden. Ja, als könnten sich in ihr die vielen losen Enden meines Seins verknüpfen …

Der Wohlgeruch und das Bild Cotanis haben mich begleitet. Quer durch die Jahrzehnte. Ich richtete in meiner Tiefe eine verborgene Galerie ein, oder soll ich sogar sagen: Einen Altar? Einen geheimen Altar, auf dem ich nach und nach mein Leben opferte?

Einmal nur habe ich Imma, meiner Frau (Gott segne sie!), davon erzählt. Das hätte ich nicht tun sollen. Sie drehte sich harsch von mir weg und sprach drei Tage lang kein Wort mehr. Dann aber kam sie erbost in meine kleine Schreibstube und schrie: „Du musst sie vergessen, Einhard! Ich kann und ich will nicht gegen einen Dämon ankämpfen, den du selbst mit deiner Unzufriedenheit nährst. Begreifst du denn nicht? Cotani existiert nicht. Jedenfalls nicht so, wie du sie in Erinnerung hast. Diese perfekte Cotani, von der du mir vorschwärmst, ist nichts anderes als … ein Wunschbild. Du glaubst offensichtlich, mit ihr könntest du der sein, der du immer sein wolltest – und damit verleihst du ihr eine ungeheure Macht über dich. Du machst aus einem Mädchen eine Verheißung. Und damit muss Schluss sein. Versprich mir das!“

Ich habe es ihr versprochen.

Und mein Versprechen nicht gehalten.

Ich konnte nicht.

Denn ich bin nie wieder einer Frau begegnet, die so unerschrocken und mutig für etwas eingetreten ist – wie du. Du warst bereit, alles zu geben, um das Leben deines Vaters zu retten. Und ich wäre bereit gewesen, alles von dir zu nehmen. Ich war bereit. Und ich habe genommen. Aus Lust.

Einmal noch will ich mich hinsetzen und schreiben, was damals geschehen ist. Und diesmal werde ich nichts als die Wahrheit auf meinem Pergament festhalten. Obwohl … die Wahrheit … was ist das? Nun. Es wird wieder meine Wahrheit sein. Vielleicht unsere Wahrheit. Deine Wahrheit? Sag mir: Gibt es überhaupt Wahrheit, wenn einer das Geschehene mit den Augen der Liebe festhält? Wenn einer „trunken vor Glück" erzählen will, was sich zutrug?

Ich werde Candidus rufen, dass er mir eine neue Feder bringt. Denn ich will deine Geschichte nicht mit einem gebrauchten Kiel verfassen, mit einer Feder, die schon durch hässliche oder verlogene Behauptungen beschmutzt wurde.

Nein, jungfräulich werde ich meine Erinnerungen in Worte verwandeln und mich darin noch einmal selbst finden. Ich werde mich hineinschreiben in die Vergangenheit, mich neu versenken in diese wirren Tage im Jahr 788 als ich die Gnade hatte, dir begegnen zu dürfen. Dir, der „Tochter des Verräters" …

3

Zwischen Fulda und Ingelheim, im Jahr 788

Rather und Gerhard erwiesen sich als unkomplizierte Weggefährten, die von ihren Inspektionsreisen durch das fränkische Reich schier endlos Anekdoten zu berichten wussten. Lauter skurrile Geschichten, bei deren Erwähnung die Männer sich selbst am meisten amüsierten: „War das nicht verrückt, als wir …“

Vor allem Gerhard fiel immer noch eine Begebenheit ein, von der er erzählen konnte, während die zusehends farbenfrohere Frühlingslandschaft gemächlich an den drei Reitern vorüberzog – rötlich, orange, blau und mit sämtlichen Spielarten von Grün.

Ja, der bärtige Lockenschopf beschrieb das Leben der beiden Königsboten so angeregt, als seien ihm all diese absonderlichen Dinge gerade eben erst zugestoßen. Denn natürlich waren die beiden Gesandten, die im ganzen Land überprüfen mussten, ob die Vasallen des Herrschers auch ihren Pflichten nachkamen, in der Regel bei ihren Kontrollbesuchen nicht besonders willkommen.

Doch während die meisten Gaugrafen trotzdem versuchten, die Missi durch übertriebene Gastfreundschaft für sich einzunehmen, ließen manch andere die beiden Visitatoren ihren Unmut deutlich spüren. Immer wieder musste Einhard herzhaft lachen, wenn Gerhard den verschrobenen Dialekt eines mürrischen Fürsten aus dem Süden imitierte und sich dann eloquent darüber ausließ, in welche menschlichen Abgründe er und sein Mitstreiter bei ihren Reisen schon geblickt hatten.

Da gab es hochwohlgeborene Herren, die kurz vor der Ankunft der Königsboten ihre Goldschätze im Wald vergruben, um nur ja keine Steuern zahlen zu müssen, tumbe Verwalter, die Abrechnungen fälschten, um einen Teil der Einnahmen in die eigene Tasche zu wirtschaften, einen für seine Sittenstrenge bekannten Bischof, der sich in einer Kammer eine dunkelhäutige Sklavin als Geliebte hielt, einsame Waldklöster, in denen man nicht einmal den Abt nüchtern antraf, und nebeneinanderliegende Fürstentümer, die seit Generationen in erbitterte Fehden verstrickt waren, weil vor Jahrhunderten einmal ein Vorfahr des einen dem Vorfahr des anderen eine Frau ausgespannt … oder eine legendäre Streitaxt geraubt … oder die heilige Ehre des Clans anderweitig befleckt hatte. Aber meist, so betonte Gerhard, sei es wohl um begehrenswerte „Weiber" gegangen. Und auch wenn deren Namen längst vergessen seien, schwele bis heute der Hass zwischen den Burgherren, die eigentlich Freunde sein könnten.

Überhaupt liebten die beiden Männer das Thema „Frauen". Rather erwähnte mehrfach augenzwinkernd, dass so manche Wirtstochter ihm, dem Vielgereisten, bei seinen Aufenthalten nicht nur ihre Kammertür geöffnet habe. Außerdem käme es – natürlich – oft vor, dass ein säumiger Vasall des Königs den Missi nach Sonnenuntergang eine willige Magd ins Quartier schicken lasse, um seine Gäste zu entspannen. Quasi eine Extraration „Fleisch".

„Da bekommt das Wort ‚Bestechung' ganz neue Bedeutung!", prustete Rather und brüllte so laut, dass sein Lachen von den Bäumen am Weg zurückgeworfen wurde. Dann fragte er mit hochgezogenem Mundwinkel, welche Erfahrungen Einhard denn in dieser Richtung so mitbringe. Er möge doch bitte mal erzählen, was bei ihm so unter dem groben Kittel los sei …

Offensichtlich genossen es die beiden Gesandten des Königs, ihren jungen Begleiter aufzuziehen. Wozu er auch genügend Anlass bot. Schließlich war Einhard es nicht gewohnt, auf einem Pferd zu sitzen und hing die ersten Tage wie ein Sack Mehl auf dem schwankenden Rücken seines Tieres. Viele seiner Muskeln hatten sich in einen stechenden Schmerz verwandelt, und die Innenseiten seiner Oberschenkel waren derart wund gerieben, dass nicht einmal die Heilsalben, die er aus dem Kloster mitgenommen hatte, dagegen ankamen.

So zogen die drei Männer gemeinsam die Via Regia entlang, die alte Königsstraße, die seit Urzeiten von Schlesien bis an den Rhein führte. Zweimal übernachteten sie im Freien, meist aber in einer der kleinen, versprengten Ortschaften im waldigen Tal der Kinzig: Hauswurz, Freiensteinau, Hettersroth, Rinderbügen, Leisenwald – und wie sie alle hießen.

Einhard, der anfangs befürchtet hatte, die Reise werde ihn zu Tode langweilen, begriff schnell, dass seine beiden Begleiter für ihn eine unerschöpfliche Informationsquelle waren, um sich auf das höfische Leben in Ingelheim vorzubereiten.

Und so begann er schon nach kurzer Zeit, seinen Gefährten gezielt Fragen zu stellen. Nach dem Verhaltenskodex des Adels, nach den täglichen Abläufen, nach dem Gelehrten Alkuin, nach der Hofschule, nach der Arbeit im Skriptorium – und natürlich nach dem König selbst, dessen Familie es in nur zwei Generationen gelungen war, den Thron zu besteigen.

Ja, geschickt hatte Karl Martell, der Bezwinger der Sarazenen und Großvater des jetzigen Königs, dafür gesorgt, dass er als Hausmeier des merowingischen Königshauses, also als Inhaber des damals höchsten Hofamtes, immer mehr Macht übertragen bekam – bis er diese irgendwann ganz übernahm. Es war ein unblutiger Putsch, ein fast legaler Staatsstreich.

So hatte sich Karl Martells Sohn Pippin 751 in Soissons frech zum neuen König ernennen lassen. Nur kurze Zeit später, im Jahr 754, wurden dann seine Söhne, Karl und Karlmann, von Papst Stephan II. ebenfalls zu Königen geweiht.

Und da Karlmann bereits mit 20 Jahren das Zeitliche gesegnet hatte, war Karl nun – nach dem Tod seines Vaters – im Frankenland der nicht unumstrittene, aber doch unangefochtene Alleinherrscher.

Ein König mit großen Plänen. Unbestritten. Vor allem lag dem Herrscher die Kirche am Herzen, die im Norden des Kontinents nach wie vor gegen starke heidnische Kräfte konkurrieren musste. Ja, weiterhin traf man in den meisten Dörfern Menschen an, die trotz ihrer Taufe Totenopfer, Losdeuterei, Wahrsagerei und Zauberei praktizierten – und die neben dem Kreuz eine größere Zahl von Amuletten um den Hals trugen.

Gerhard, der selbst einige Zeit als Geistlicher an der Hofschule ausgebildet worden war, beantwortete Einhards Fragen freundlich und mit viel Geduld. Auf diese Weise verging auch für ihn die Zeit während der täglichen Etappen wie im Flug.

Entspannt erreichte die Reisegruppe nach einer Woche die Mainebene. Und dann dauerte es nur noch wenige Tage, bis sie über die Ortschaften Nied und Höchst den Rhein erreichte, mit einem schwankenden Boot übersetzte, den prunkvollen Bischofssitz Mainz hinter sich ließ und am Abend des folgenden Tages die Tore Ingelheims vor sich sah.

„Du hast es gut“, sagte Gerhard, als sie auf das Tor der Ingelheimer Königspfalz zuritten, „du bekommst eine prächtige Unterkunft bei Hof, während wir Ritter im Zeltlager draußen vor der Stadt ausharren müssen. Glaub mir: Das kann bei Regen ganz schön eklig sein.“

Er schaute sehnsüchtig auf den gewaltigen Gebäudekomplex, der vor ihnen lag. Dann schlug er Einhard kräftig auf den

Rücken „Na ja, solange Karl bei seinen Wanderungen von einer Pfalz zur nächsten immer seinen Hofstaat mit weit über tausend Leuten dabeihat, wird es wohl nicht anders gehen. Kannst uns ja mal da draußen besuchen. Wäre nett. Vielleicht auf einen schönen Becher Wein … So … mein Lieber, und jetzt heißt es: absteigen. Der Seneschall wird dir deine Unterkunft zeigen, und ich … ich wette mein Pferd, dass Alkuin dich heute noch kennenlernen will. Er ist, glaube ich, der neugierigste Mensch, der über Gottes Erdboden läuft. Also, mach uns keine Schande, kleiner Fälscher. Scheinst ja gar nicht so bescheuert zu sein, wie du reitest."

Einhard umarmte die beiden, dann nahm er sein Bündel und stand auf einmal allein vor der Eingangstür zu dem imposanten Halbkreisbau. Es war das größte Gebäude, das der junge Mann jemals gesehen hatte.

Schmale Rundtürme flankierten die aufragenden Mauern, deren oben abgerundete Fenster ihn wie die dunklen Augen eines Wesens aus einer anderen Welt zu beobachten schienen. Vom Dach tropften die Reste des Regens, der die Reisenden am Nachmittag überrascht hatte. Doch bevor Einhard sich weiter über den Anblick begeistern und die architektonischen Details erforschen konnte, rief ihn eine Stimme ins Innere.

„Du da, los, beeil dich. Wer bist du?"

Im Halbdunkel des Vorraums stand ein Adliger, dessen Mantel mit Seeotterfell abgesetzt war. Um den Hals trug er eine mit rötlichen Edelsteinen verzierte Goldkette, und selbst seine römischen Schlupfschuhe waren aus feinstem Leder gefertigt. Erst auf den zweiten Blick erkannte Einhard, dass er einen Jüngling vor sich hatte, denn der prachtvolle Edelmann konnte nicht viel älter als sechzehn sein. Mit einem dunklen, südlichen Dialekt herrschte er den Neuankömmling an: „Los sag, wer bist du? Und woher kommst du?"

Konzentriert antwortete Einhard: „Ich bin ein Lehrer aus dem Kloster Fulda. Ich soll mich auf Wunsch Alkuins hier im Skriptorium melden, um …“

Der Adlige schnaubte. „Ja ja, schon gut. Der bist du also. Hab ich mir gedacht. Aber du kannst wieder heimkehren … Ja, guck nicht so belämmert. Der Meister hat es sich anders überlegt. Er findet nun doch, dass du ein aufgeblasener Fatzke bist, der es in seiner Unverschämtheit gewagt hat, ein königliches Dokument zu verändern. Und nicht nur das. Du hast dich erdreistet, den fast schon heiligen Alkuin zu verbessern. Ich an deiner Stelle würde davoneilen, so schnell ich kann …“

Einen kurzen Moment schwieg Einhard und schaute sein Gegenüber prüfend an. Dann sagte er sehr langsam: „Welche Stelle war es denn genau, deren Korrektur Alkuin so sehr gestört hat, dass er seine Meinung geändert hat?“

Verdutzt starrte ihn der Junge an. „Was? Das ist doch völlig egal. Es geht ums Prinzip. Der Gelehrte möchte dich nicht sehen, verstehst du? Und jetzt weg mit dir …“

Energisch erwiderte Einhard: „Aber was wird dann aus der Botschaft von Abt Baugulf, die ich überbringen soll? Sie duldet keinen Aufschub.“

Der Adlige kniff die Augen zusammen. „Botschaft? Welche Botschaft? Äh … Na gut, sag sie mir.“

Einhard schüttelte den Kopf: „Das darf ich nicht. Aber ich weiß, dass Alkuin darauf wartet.“

Der Adlige starrte sein Gegenüber sprachlos an. Dann lief er davon.

Eine Magd wies Einhard schließlich den Weg in den rechten Flügel der Pfalz, wo die Schreibstube untergebracht war.

Als Einhard das Skriptorium betrat, einen niedrigen, durch zwei Fenster erhellten Gewölberaum, hoben alle Anwesenden die Köpfe und starrten ihn erwartungsvoll an. Allerdings nur für einen Moment, dann richteten sie ihre Blicke auf einen glatzköpfigen Mann, der an seinem Stehpult stand und zwei aufmerksamen Zuhörern etwas erläuterte.

Ohne zu zögern, lief der junge Lehrer auf den etwa fünfzigjährigen Gelehrten zu, den er anhand von Gerhards Beschreibung sofort erkannte. Mutig sagte er: „Ich bin Einhard aus Fulda. Du hast mich rufen lassen, Alkuin. Hier bin ich."

Ein hintersinniges Grinsen überzog das Gesicht des Wissenschaftlers. Dann drückte er seinen Rücken durch und sagte fein artikuliert: „Sag mir: Nach welchem Ziel trachtet die Rhetorik?"

Einhard verbeugte sich leicht und antwortete, wie er es gelernt hatte: „Auf das Wissen zur angemessenen Rede."

Alkuin nickte. „So, so. Außerdem möchte ich wissen: Wie viele Umstände gibt es bei jedem Sachverhalt zu klären?"

Einhard hob die Hände: „Jede Angelegenheit lässt sich über sieben verschiedene Umstände beschreiben. Diese sind mit den Grundfragen zu bestimmen: Quis? Quid? Ubi? Quando? Quibus auxiliis? Cur? Quomodo? – Also: Wer handelt? Was tat er? Wo geschah es? Wann geschah es? Wodurch geschah es? Warum geschah es? Und auf welche Weise geschah es?"

Alkuin wiegte anerkennend den Kopf. Dann sprang ein Glitzern in seine Augen: „Wie viele Prädikamente kennt Aristoteles?"

Einhard atmete einmal tief aus, bevor er antwortete: „Der griechische Philosoph nennt … zehn … ich bevorzuge den Begriff ‚Kategorien', mit deren Hilfe jede Aussage bestimmt werden kann. Diese Kategorien sind …"

Der Gelehrte hob abwehrend beide Hände. „Danke, Einhard. Ich bin mir sicher, dass du die Antwort kennst. Eines aber möchte ich noch von dir erfahren. Was sagt uns der folgende

Satz: ‚Das Burgfräulein wartete sehnsüchtig auf den ausgezogenen Ritter‘?“

Noch bevor Einhard überlegen konnte, worin wohl der Hintersinn dieses eher schlichten Textes liegen könnte, grölten die Männer im Skriptorium los. „Ausgezogener Ritter …“

Alkuin legte seinen Arm um Einhard und führte ihn zu einem Pergament. „Sieh mal, ahnst du, was das ist? Schau genau hin. Pass auf, ich erkläre es dir: Das ist ein Rad mit Holzbrettern, das sich durch die Bewegung des Wassers hier unten dreht. Eine Erfindung aus dem Orient. Wenn es uns gelingt, die Kraft dieses Rades über die Achse etwa … auf eine Mühle zu übertragen, würde das die Welt, wie wir sie kennen, revolutionieren. Erstaunlich, oder? Über solche Dinge machen wir uns hier Gedanken.“

Er blinzelte mehrfach. „Wenn es dir auch Spaß macht, Ungedachtes zu denken und schon Gedachtes aus einer neuen Perspektive zu betrachten, dann bist du in der fränkischen Hofschule an der richtigen Stelle.“

Einhard verneigte sich leicht, als Zeichen seiner demütigen Zustimmung. In Wirklichkeit aber spürte er sein Herz vor Erregung pochen. Konnte diese Sammlung von Gelehrten in Ingelheim so etwas wie der Vorhof des Paradieses sein? Ein gnädig vorgezogener Himmel? Mit diesen Männern würde er leidenschaftlich diskutieren können. Von morgens bis spät in die Nacht. Endlich. Über all die seltsamen Einfälle, die ihn gelegentlich heimsuchten und die ihn nicht schlafen ließen.

Natürlich lebten auch im Kloster Fulda gelehrte Männer, aber deren Gedanken kreisten die meiste Zeit um Gott. Und jedes Mal, wenn Einhard einen Theologen gesucht hatte, mit dem er über seine Bauzeichnungen, seine Brückenentwürfe oder sein Modell eines triumphbogenförmigen Reliquiars sprechen konnte, war er nur auf Unverständnis gestoßen.

Im Skriptorium der Hofschule dagegen traf man sich offensichtlich, um über fremdartige Erfindungen aus dem Orient wie diese Wasserräder zu diskutieren. Was für ein unfassbar anregender Ort.

Als hätte Alkuin seine Gedanken gelesen, sagte er: „Natürlich kümmern wir uns hier im Skriptorium vor allem um die Korrespondenz des Königs. Das ist unsere wichtigste Aufgabe. Aber gegen Abend, wenn es zum Schreiben zu dunkel wird, wenden wir uns den Facetten der Realität zu, die wir noch nicht verstehen. Und dann darf jeder dazu beitragen, dass wir erkennen, warum die Welt so ist, wie sie ist – und wie wir sie verbessern können. Um das herauszufinden, müssen wir die Heilige Schrift genau studieren. Vor allem, weil es zahlreiche Menschen gibt, die sie ganz anders lesen als wir."

Er neigte den Kopf zur Seite und winkte auch die anderen Männer im Raum heran. „Wie du sicherlich weißt, hat der Papst letztes Jahr in der Hagia Sophia von Nizäa das siebte heilige und ökumenische Konzil einberufen. Nur leider ... die fränkischen Bischöfe dazu nicht eingeladen. Du kannst dir vorstellen, wie Karl gewütet hat, als er das erfuhr.

Und dann wurde auf diesem Konzil auch noch ohne jede Scham die Wiederzulassung der Bilderverehrung beschlossen. Ja, die versammelte Geistlichkeit hat in Nizäa ernsthaft entschieden, dass Bilder in der Christenheit zukünftig nicht nur angebetet werden *dürfen*, nein, sie *müssen* angebetet werden. Wörtlich heißt es in den Protokollen, deren Übersetzung wir aus Rom erhalten haben:

> Mit dem Anathem zu bestrafen sei derjenige, der den Bildern der Heiligen nicht gleich der göttlichen Dreifaltigkeit diene.

Karl ist über die Missachtung seiner Kirchenführer und über diese theologische Fehlentscheidung so entsetzt, dass er letzte Woche direkt die Verlobung seiner Tochter Rotrud mit Konstantin VI., dem zukünftigen Kaiser von Byzanz, wieder aufgelöst hat. Tja, mein Lieber, das ist Politik. Und nun bist du mittendrin."

Alkuin dachte einen Augenblick nach. Dann schaute er Einhard prüfend an und sagte: „Über die Sache mit der Bilderverehrung kannst du dir gerne mal Gedanken machen. Die Hofschule hat nämlich den Auftrag erhalten, ein ‚Capitular adversus synodum', eine Streitschrift gegen die Synode, zu verfassen, in der wir die Fehlerhaftigkeit des Konzils beweisen sollen. Eine diffizile Aufgabe, die bedeutende Folgen haben wird. Denn sie stellt letztlich den Heiligen Stuhl in Rom infrage … Nebenbei, was denkst du selbst, junger Mann? Soll ein guter Christ die Bilder der Heiligen anbeten, ja oder nein?"

Gespannt schauten alle auf Einhard. Der schloss kurz die Augen. Dann sagte er vorsichtig: „Bilder an sich halte ich nicht für verwerflich. Aber wenn das Volk einem Bild die Anbetung zukommen lässt, die eigentlich der abgebildeten Person gebührt, und von der Abbildung selbst plötzlich Wunder erwartet werden, dann sehe ich eine Häresie. Und wenn die Anbetung der Bilder nun sogar vorgeschrieben wird, dann liegt der Verdacht nahe, dass den Ikonen – bewusst oder unbewusst – eine eigenständige Wirkmächtigkeit zugeschrieben wird. Als hätten Farbe und Leinwand göttliche Kraft … Das muss auf jeden Fall abgelehnt werden."

Der Leiter der Hofschule stieß einen anerkennenden Pfiff aus. „Eine kluge Antwort. Mal sehen, vielleicht nehme ich dich mit in die Gruppe auf, die das Kapitular vorbereitet."

Er drehte sich um und deutete auf die Männer im Raum. „Doch nun schau dir erst einmal all die feisten Gesellen hier an. Einige möchte ich dir vorstellen. Wo beginne ich? Hier …

Der Mann ohne Schneidezähne neben dir ist Paulinus von Aquileia. Er stammt aus Premariacco im Friaul und hat nach seiner Priesterweihe eine Schule in Cividale geleitet. Es gibt wohl kaum einen Menschen, der so viel über lateinische Literatur, Theologie und Rechtswissenschaften weiß wie er.

Neben ihm, der Koloss mit den Geheimratsecken, ist Paulus Diaconus, vielleicht der bedeutendste Geschichtsschreiber unserer Zeit. Er kommt aus dem Kloster Montecassino und hat in den 16 Büchern seiner viel gepriesenen ‚Historia Romana' umfassend die Entwicklung des römischen Reiches dargestellt. Karl hat ihn überredet ... oder sagen wir besser: unmissverständlich angewiesen, hier an der Hofschule zu lehren, obwohl er ein wilder, ungehobelter Langobarde ist.

Hier drüben darf ich dir Theodulf von Orléans vorstellen, einen westgotischen Gelehrten. Vor allem aber schreibt unser lieber Theodulf Gedichte. Und was für welche! Da kribbelt es die Frauen unterm Gewand und die Recken fühlen sich auf einmal doppelt so edel. Du wirst sicher demnächst einen seiner eloquenten Vorträge vor dem Kamin im Festsaal hören.

Und der vierte im Bunde, der Gelehrte mit den fein gekämmten Haaren hinter meinem Pult, ist Petrus von Pisa, ein Experte auf dem Gebiet der lateinischen Grammatik. Zurzeit allerdings wird sein sprachliches Talent vor allem zu einem gebraucht: um seiner Hoheit das Lateinische lieb zu machen. Kurz gesagt: Petrus ist der Sprachlehrer Karls. Der König hat nämlich verstanden, dass er sein riesiges Reich nur regieren kann, wenn er in der Lage ist, sich mit allen Völkern zu verständigen. Eine wahrhaft weitreichende Einsicht."

Alkuin kniff leicht die Augen zusammen. „Das ist übrigens mein erster Rat an dich: Unterschätze Karl niemals. Er hat einige Dinge verstanden, die andere nicht verstehen."

Der Gelehrte strahlte plötzlich und drehte sich wie ein kleiner Junge um sich selbst. „Zum Beispiel hat er begriffen, dass es für einen Herrscher äußerst sinnvoll ist, an seinem Hof die klügsten Gelehrten zusammenzubringen, damit sie ihre Kenntnisse für das Königreich einsetzen – und so etwas wie eine Akademie des Wissens bilden. Er will nur die Besten der Besten um sich haben und hofft, dadurch auch die besten Entscheidungen für sein Reich treffen zu können. So“, er grinste, „genug, der getarnten Selbstbeweihräucherung. Du wirst in den nächsten Monaten genügend Gelegenheit haben, dich mit den Lehrern der Hofschule auszutauschen. Vorher aber habe ich noch eine … nun sagen wir … Überraschung für dich. Eine, bei der du beweisen kannst, dass du ein guter Lehrer bist.“

Nachdem Alkuin Einhard in einen benachbarten Raum geführt hatte, bat er ihn, auf einem Schemel Platz zu nehmen. Er verschränkte die Arme hinter dem Rücken und lief auf und ab.

„Einhard, es gibt hier einen jungen Mann am Hof, der mir Kummer bereitet. Er heißt Theodo und ist eine Art Geisel des Königs, also ein Gefangener, aber ein besonderer. Genauer gesagt: Theodo ist der Sohn des bayerischen Herzogs Tassilo III.

Du weißt vielleicht, dass Tassilo sich letztes Jahr geweigert hat, dem König in Worms den Vasalleneid zu leisten. Oder sagen wir so: Er blieb der Reichsversammlung einfach fern. Daraufhin ist Karl aus drei Himmelsrichtungen mit mächtigen Heeren auf das Lechfeld bei Augsburg marschiert, hat das bayerische Aufgebot eingekesselt und niedergerungen. Es war ein Fiasko für Tassilo. Das bayerische Herzogtum verlor dadurch mit einem Schlag seine Unabhängigkeit, und der Herzog wurde am 3. Oktober zu einem Lehnsmann degradiert. Sprich: Tassilo bekam das Gebiet, das er gerade verloren hatte, als Lehen zurück.

Nun, und um die Unterwerfung zu besiegeln, musste der Fürst der Bayern in einem öffentlichen Akt sein herrschaftliches Zepter übergeben und zudem zwölf vornehme Geiseln stellen – darunter seinen Sohn Theodo. Seither lebt der Junge bei uns. Und damit sind wir bei meinem Kummer …

Um es kurz zu machen: Ich möchte, dass du dich ein wenig um Theodo kümmerst. Aber Vorsicht, er ist voller Hass und Häme und verweigert jegliche Zusammenarbeit. Nun, verdenken mag ich ihm das nicht. Nur schadet er sich mit seinem störrischen Trotz selbst, denn er könnte die Zeit ja nutzen, um seine Ausbildung fortzuführen.

Konkret heißt das: Ich hätte gern, dass du an den Vormittagen Theodo anleitest, mittags im Skriptorium arbeitest und dich ab nachmittags in der Hofschule mit verschiedenen Fragestellungen beschäftigst, die sich auftun. Fühlst du dich diesen Aufgaben gewachsen?"

Einhard seufzte. Er schlug die Beine übereinander und warf einen Blick aus dem Fenster, hinter dem gerade die Sonne unterging. Was für eine Welt? So verworren und ganz anders als alles, was er in seinem beschaulichen Fuldaer Kloster kennengelernt hatte.

Darum erwiderte er sehr ernst: „Meister, ich will gerne versuchen, diesen Pflichten gerecht zu werden. Und freue mich, dass du mir, dem Neuling bei Hof, eine solche Aufgabe zutraust. Zudem glaube ich, dass ich dem jungen Theodo schon begegnet bin …"

Überrascht schaute Alkuin auf. „Wie das?"

Der Lehrer rückte seinen Kittel gerade. „Nun, er fing mich bei meinem Eintritt in die Pfalz ab und wollte mir weismachen, ich müsste sofort zurück nach Fulda reisen. Angeblich auf deinen Wunsch hin. Das war befremdlich."

Alkuin trat einen Schritt näher. „Na, das kann ich mir vorstellen. Vor allem, weil ich weiß, wie theatralisch Theodo bisweilen auftritt. Woran hast du erkannt, dass er dich betrügen wollte? Das interessiert mich! Weißt du: Ich bin sehr neugierig."

Einhard erhob sich. „Woran ich seine List erkannt habe? Nun, genau daran. Dass du so neugierig bist. Vor dem Tor hatte mich einer der Missi nämlich genau darauf hingewiesen. Auf die grenzenlose Neugier des Leiters der Hofschule. Und ich konnte mir einfach nicht vorstellen, dass du einen Mann, den du erst zu dir rufst, wieder wegschickst, ohne ihn wenigstens einmal anzuschauen. Wer neugierig ist, der möchte den anderen gerne ergründen – sei dieser gut oder durch und durch böse.

Nun, dann musste ich Theodo nur noch vortäuschen, ich hätte eine Botschaft von Abt Baugulf für dich. Da wusste er nichts mehr zu sagen und lief davon."

Als es klopfte, kam ein Gehilfe mit dem bayerischen Herzogssohn herein. Dieser verschränkte sofort die Arme und schaute zur Wand.

„Theodo", sagte Alkuin freundlich, „du hast ja Einhard schon kennengelernt. Er wird dein neuer Lehrer sein …"

„Wozu?" Der Jüngling spuckte demonstrativ auf den Boden. „Demnächst wird mein Vater hier eintreffen und mich mit nach Hause nehmen. Dann hat mein Martyrium ein Ende. Es kann nur noch einige Wochen dauern, ja vielleicht nur noch wenige Tage …"

Alkuin unterbrach ihn. Seine Worte klangen jetzt weich und scharf zugleich. „Theodo, Tassilo kommt zur Reichsversammlung. Nicht, um dich abzuholen. Begreif das bitte!"

Zornig schaute der Adelige den Gelehrten an. Seine linke Augenbraue zuckte. „Alkuin, du redest mit dem zukünftigen Oberhaupt von Bayern, einem Herzogssohn, der schon vor elf Jahren als Mitregent eingesetzt wurde. Also mäßige dich! Hast du vergessen, dass die Familie der Agilolfinger zu den Würdigsten des Reiches gehört?

Außerdem ist Papst Hadrian mein Taufpate. Ich bin nicht einer deiner kriecherischen Lehrlinge, die sich den Kopf mit unnützem Wissen vollstopfen. Sei gewiss: Der Stuhl Petri wird nicht zulassen, dass ich als Edelmann weiterhin gegen meinen Willen festgehalten werde.

Wenn du wirklich ein derart weiser Mann bist, wie du dir selbst einredest, dann mach dem König klar, dass er mich freizulassen hat. Und zwar schnell. Das nächste Mal wird sich mein Vater auf dem Schlachtfeld nämlich nicht so leicht übertölpeln lassen. Noch weiß ich nicht, welche Ränke Karl damals im Vorfeld geschmiedet hat, aber diesen infamen Sieg mit drei Heeren verdankt er gewiss nicht seiner Tapferkeit. Das war Verrat. Schlichtweg Verrat. So sei gewiss: Tassilo, mein Vater, wird einen Weg finden, mich hier herauszuholen."

Alkuin zuckte mit den Schultern. „Nun, Theodo, vielleicht könntest du wenigstens so gnädig sein und deinem Lehrer den Weg zum Speisesaal zeigen. Ich nehme an, dass er Hunger hat."

„Bin ich ein Diener?"

Theodo drehte sich grußlos um und stolzierte hinaus.

4

Drei Tage später ertönten gegen Mittag Fanfaren. Helle Töne, die über die Dächer von Ingelheim flogen wie Schwalben. Der frische, warme Wind von Osten verstärkte die unverkennbaren Signale noch, sodass sie sich flink ihren Weg zur Kaiserpfalz hin bahnten.

Ein halb nackter Junge rannte aufgeregt zwischen den Passanten hin und her und schrie so laut er konnte: „Es ist Tassilo, der Herzog der Bayern. Der berühmte Herzog Tassilo ist da! Ihr Leute von Ingelheim, heißt ihn willkommen!"

Tatsächlich kamen von allen Seiten die Menschen aus ihren Häusern gehuscht, um sich eilig am Straßenrand aufzustellen. Viele hielten noch ihr Arbeitsgerät in der Hand: eine Sticknadel, einen Hammer, Lappen, Lebensmittel, ein Messer, Pelze, Garn, Leder oder ein grobes Stück Werg. Gebannt starrten sie in die schmale Gasse, durch die der Landesfürst kommen musste, um zum Sitz des Königshauses zu reiten.

Zuerst waren über dem Meer von Köpfen nur die bayerischen Standarten zu sehen. Es sah aus, als tanzten sie miteinander einen Reigen. Dann bekamen die Wartenden Tassilo selbst zu Gesicht. Groß und herrschaftlich saß er auf einem Schimmel, der ebenso wie sein Reiter festlich geschmückt war. Ein berauschender Anblick, auch wenn sich von allen Seiten schreiende Kinder an den Herzog drängten.

Obwohl er eine lange und beschwerliche Reise hinter sich hatte, trug Tassilo über einem purpurfarbenen Festgewand, das mit seidenen Streifen verbrämt war, einen langen moosgrünen und mit Goldfäden durchwirkten Samtmantel. Dieser wurde von einer Spange zusammengehalten, die mit blauen

Edelsteinen besetzt war. Tassilos rechte Hand lag lässig am Griff seines Schwertes, während er mit der linken ruhig die Zügel hielt. Die prachtvollen Ringe an seiner Hand blitzten in der Sonne, während sein Pferd nervös durch die Menschenmenge tänzelte.

Neben dem Herzog ritten zwei geistliche Herren, die ebenfalls prunkvoll gekleidet waren, als kämen sie direkt von der Ostermorgenmesse. Sie trugen eine leuchtend weiße Alba und darüber ein dunkelblaues Pluviale, den offenen Mantel der Geistlichkeit, dessen Ausschnitt mit einem fein gewebten Schultertuch, dem Amikt, gefüllt wurde. Ein mit bunten Kreuzeszeichen verziertes Pallium hatten sie als Binde um den Bauch geschlungen. Der rechte Kirchenmann war durch seine Mitra als Bischof zu erkennen, während der linke als Diakon mit einer breiten Stola geschmückt war.

Wie üblich jubelten die Bewohner von Ingelheim dem stattlichen Besucher und seinem illustren Gefolge lautstark zu. Einige der mitziehenden Soldaten begannen daraufhin, kleine Geldstücke in die Menge zu werfen. Sofort balgten sich nicht nur die Kinder um die Münzen, auch viele Erwachsene setzten rabiat ihre Ellenbogen ein, um etwas davon zu erhaschen.

Einer sakralen Prozession gleich zog der prächtige herzogliche Tross an den geweißten Außenwänden der Pfalz entlang. Vor der Königshalle bog er durch ein enges Tor in den Hof der Anlage ein, wo er zum Stehen kam. Noch einmal ließen die uniformierten Trompeter lautstark ihre Fanfaren erklingen, dann war es mit einem Mal ganz still.

Tassilo ließ seinen Blick prüfend über die noch nicht ganz fertiggestellten königlichen Bauten schweifen, bevor er sich aus dem Sattel schwang. Doch kaum hatten seine Füße den Boden berührt, wäre der Herzog fast umgerissen worden, denn vom Rundbau her stürmte Theodo heran und warf sich seinem Vater so leidenschaftlich um den Hals, als habe er alle Adelskonventionen vergessen. Seine Augen glänzten.

Der Gast, der einen winzigen Moment ausgesehen hatte, als wüsste er nicht, wie er reagieren sollte, blieb wie ein Fels in der Brandung stehen. Er legte seine Hand kraftvoll auf die Schulter seines Erstgeborenen. Mit ausgestreckten Armen betrachtete er ihn, als wolle er sich vergewissern, dass dieser übermütige junge Mann noch immer sein Sohn war. Unverdorben von der erzwungenen Zeit im Exil. Dann legte sich ein zufriedenes Lächeln auf seine Lippen, die von einem dichten Bart umrandet waren.

Noch bevor Tassilo ein Wort zu seinem Sohn sagen konnte, trat eine schlicht, aber sorgfältig gekleidete junge Frau zu ihm, in deren Zöpfe kostbare gefärbte Bänder eingeflochten waren.

„Sei willkommen in Ingelheim, Tassilo, Herzog von Bayern", sagte sie mit dunkler Stimme. „Du kommst früh. Wir hatten dich erst wesentlich später erwartet. Aber wie ich sehe, gibt es hier einen, dessen Ungeduld keinen Aufschub duldete."

Der Fürst drehte sich überrascht um. „Fastrada!" Er deutete eine Verbeugung an. „Meine Königin. Gattin unseres verehrten Königs Karl." Sein Blick glitt noch einmal suchend über den Platz. Dann hob er stolz das Kinn. „Will mich dein Gemahl, der allergnädigste, erhabene Herrscher, nicht persönlich willkommen heißen?"

Fastrada, deren Haut in der Sonne fast durchsichtig zu sein schien, schüttelte leicht den Kopf. „Du kennst ihn doch, deinen Vetter. Karl genehmigt sich bei seinem anstrengenden Tagwerk ab und an einen ausführlichen Mittagsschlaf. Und er liebt es nicht, wenn man ihn dabei stört."

Tassilo strich unwillig die langen dunkelbraunen Haare zur Seite, die der Wind vor seine Augen trieb. „Nun, ich hatte zumindest erwartet, dass ihn meine Ankunft … in seiner großen Gnade interessieren würde."

Mit schmalen Lippen sagte die Königin: „Möchtest du damit sagen, dass dir die Begrüßung durch deine Herrin nicht genügt? Ist es das? Dann höre: Der König der Franken und der Langobarden sieht es gar nicht gerne, wenn seine Gattin despektierlich behandelt wird. Und du möchtest doch nicht despektierlich sein? Oder?“

Der Herzog verbeugte sich noch einmal. Diesmal wesentlich tiefer. „Gewiss nicht, Fastrada, meine Königin, verehrte Tochter des Radulf. Mich wundert nicht, dass dein Name Fastrada ‚Guter Rat‘ bedeutet, denn einen solchen kann unser gnädiger Herrscher mit Recht von dir erwarten. Es ist eine große Ehre für mich, von dir hier in Ingelheim empfangen zu werden. Und ich bitte vielmals um Vergebung, wenn von meiner Seite der Eindruck entstanden sein sollte, dem wäre nicht so.“

Mit einem leichten Zucken der Mundwinkel fügte er hinzu: „So berichtet man zu Recht, dass dir Karl auf ganz besondere Weise zugetan ist, die du nicht nur deiner außergewöhnlichen Schönheit verdankst.“

Fastrada sah ihn lange an. Dann drehte sie sich um. Im Weggehen murmelte sie: „Ich hoffe, dass du nicht auch glaubst, ich wäre eine Hexe, die ihren Mann mithilfe eines Zauberrings hörig gemacht hat. Denn dazu, mein Lieber, brauche ich keinen Ring … Im Übrigen wird sich nun der Seneschall um dich kümmern und dir und deinen Begleitern Räume zuweisen.“

Einhard, der die Szene von den Eingangsstufen der Pfalzkapelle aus beobachtet hatte, drehte sich zu Paulus Diaconus um, der neben ihm stand. „Warum machen sie das? Dieses Geplänkel? Ich meine: Die Königin und der König wissen doch seit gestern Abend, dass Tassilo heute eintreffen wird. Die Worte seines Boten waren unmissverständlich. Oder nicht?“

Der Historiker zuckte mit den Schultern. „Das ist ein Schauspiel, mein Lieber, wie es bei Hofe üblich ist. Der König will seinen noch immer ungezähmten Vetter demütigen. Also schickt er Fastrada vor. Doch Tassilo handelt letztlich genauso. Natürlich hat er sich diese farbigen Festgewänder erst kurz vor seiner Ankunft draußen vor dem Stadttor angezogen, um hier in der Königspfalz möglichst viel Eindruck zu schinden. Deswegen hat er ja auch den Bischof an seine Seite gesetzt. Er möchte aller Welt demonstrieren: ‚Seht her! Ich regiere immer noch als prachtvoller Herrscher! Auch wenn ich seit der verlorenen Schlacht auf dem Lechfeld ein höriger Lehnsmann des Königs bin.'"

Einhard runzelte die Stirn. „Ich finde es trotzdem albern."

Paulus lachte. „Das Problem ist: Die beiden Männer mochten sich noch nie. Vielleicht, weil Tassilo aus einer deutlich feineren Familie stammt als Karl. Und weil der bayerische Herzog mit Liutberga, der exzentrischen Tochter des früheren Langobardenkönigs Desiderius, verheiratet ist. Was indirekt bedeutet, dass er sich mit dem alten Feind des Königs verbunden hat. Vielleicht liegt es aber auch daran, dass Karl selbst einmal ein Auge auf die einst vielgerühmte Prinzessin Liutberga geworfen hatte – so heißt es jedenfalls. Schließlich wollte seine Mutter Bertrada den König damals gerne mit ihr vermählen.

Es könnte aber auch sein, dass Tassilo einfach ein Dickschädel ist, der es nicht lassen kann, seinen Herrscher zu provozieren. Er, der schon als Herzog regierte, als Karls Vater Pippin noch nicht einmal König war. So ganz genau weiß das wohl keiner …"

Einhard, der sich in den wenigen Tagen seit seiner Ankunft mehrfach mit dem kauzigen Gelehrten unterhalten hatte, lehnte sich an die Türumrahmung. „Auf mich wirkt das eher, als stritten die beiden hochherrschaftlichen Fürsten wie kleine Kinder. Ich meine: Sind sie denn so unterschiedlich?"

Da fing Paulus an zu lachen. „Nein, ganz im Gegenteil, sie sind einander unglaublich ähnlich, viel zu ähnlich! Beide Männer lieben die Macht. Man kann klar sagen: Tassilo regiert seit vielen Jahren selbst wie ein König, auch wenn er diesen Titel nicht trägt. Obwohl: Er lässt sich ja offiziell ‚Dux Baiuvariorum' nennen, was einen ähnlichen Stellenwert hat wie ein Königstitel. Tassilo ruft in Bayern eigene Kirchensynoden ein, er stiftet andauernd irgendwelche Eigenklöster, mit denen er seine Fürsten belehnt, er startet groß angelegte Missionsprojekte, er lässt jeden Sonntag in allen Gottesdiensten für sich beten, er führt wie ein König Expansionskriege, etwa gegen die Karantanen, und er versucht mit allen Mitteln, die Unabhängigkeit seines Reiches zu bewahren. Deshalb tat ihm die Unterwerfung unter Karl ja auch so weh. Der Mann ist eben ein geborener Führer.

Nebenbei, die Fürsten haben sogar noch mehr gemeinsam: Sie entstammen nämlich beide eher unziemlichen Beziehungen. Weißt du, Karls Eltern, Bertrada und Pippin, waren eigentlich zu nah miteinander verwandt, als dass sie hätten heiraten dürfen. Und da ihre Ehe erst nach der Geburt Karls von der Kirche legalisiert wurde, ist Karl rechtlich gesehen ein uneheliches Kind. Ein Bastard."

Einhard nickte. Das hatte er früher schon gehört. Doch Paulus redete unaufhörlich weiter; offenbar war er froh, dass er sein Wissen mit jemand teilen konnte.

„Ähnliches gilt für Tassilo. Seine Mutter Hiltrud, Karls Tante, wurde vom bayerischen Herzog Odilo geschwängert, als dieser einige Zeit Gast bei ihrer Familie war – noch bevor von einer Ehe überhaupt die Rede sein konnte. Äußerst peinlich. Du kannst dir nicht vorstellen, mit welcher Vehemenz die fränkische Familie trotz der Schwangerschaft versucht hat, diese Ehe zu verhindern.

Nun, so streben beide Potentaten danach, den Makel ihrer Geburt durch besonders herrisches Gebaren auszugleichen.

Es ist im Prinzip nichts anderes als ein andauernder Hahnenkampf. Ein Hauen und Stechen. Verdeckt unter dem Mantel höfischer Konventionen."

Paulus Diaconus beugte sich verschwörerisch zu Einhard: „Solange Bertrada als Mutter des Königs die Familie zusammenhielt und solange Karl in dritter Ehe mit Hildegard, einer Kusine Tassilos, verheiratet war, konnte der Frieden zwischen den Streithähnen halbwegs bewahrt bleiben. Blut ist nun mal dicker als Wasser. Aber, wie du sicherlich weißt, sind Bertrada und Hildegard beide vor fünf Jahren gestorben. Zudem hat Virgil von Salzburg, der diplomatische Berater Tassilos, das Zeitliche gesegnet, sodass der Herzog neuerdings von seiner langobardischen Frau massiv unter Druck gesetzt wird, er möge sich von Karl nur ja nicht unterkriegen lassen. Seither tobt der lang unterdrückte Konflikt mit neu entbrannter Leidenschaft von beiden Seiten. Und niemand weiß, wie es ausgeht …"

„Wie meinst du das?"

„Warte nur ab!"

Einhard streckte sich und stieß sich von der Wand ab. „Na gut, dann gehe ich mal wieder zurück an mein Pult. Auch wenn die gelehrten Gedanken Alkuins ‚Über die Schönheit der Vernunft' angesichts dieser farbenfrohen Aufplusterei doch ein wenig theoretisch anmuten …" Er hob grüßend die Hand und verschwand in Richtung des Halbkreisbaus, in dem das Skriptorium untergebracht war.

Als Einhard in der nächsten Nacht wachgerüttelt wurde, fühlte er sich, als wäre er gerade eben erst zu Bett gegangen. Benommen schüttelte er sich und fragte den Knecht, der mit einer Fackel in seiner Kammer stand: „Was? Was ist denn? … Wie spät ist es?"

„Wohl gegen drei Uhr!"

„Drei? Und warum weckst du mich … zu dieser widerlichen Stunde?“ Er warf einen Blick aus seinem Fenster. „Der Mond steht noch hoch am Himmel. Was soll das? Du hast dich bestimmt geirrt.“

Er gähnte ausgiebig, drehte sich zur Wand hin und zog die raue Decke fester um seinen Oberkörper, um weiterzuschlafen. Doch der Diener griff erneut nach seinem Arm.

„Du musst aufstehen, Einhard. Es ist wichtig.“

„Wieso? Was ist denn los? Mitten in der Nacht?“

„Alkuin schickt mich. Der König hat nach seinen Beratern gesandt. Und du sollst dabei sein.“

„Was? Jetzt? Um diese Zeit?“

Der Atem des Dieners roch nach Wein, und seine Silhouette schwebte im Mondlicht wie ein Schatten in der Dunkelheit. „Ja, unser Herrscher hat einen unruhigen Schlaf. Und da er sich jeden Mittag vier Stunden zurückzieht, ist er oftmals zu nachttrunkener Zeit sehr munter. Und dann kommen ihm beim Grübeln wichtige Eingebungen für das Wohl seines Reiches. Eingebungen, die keinen Aufschub dulden. Wohlan, dann bestellt er eben die klugen Männer der Hofschule sofort ein, um mit ihnen zu beratschlagen.“

„Na toll! Also gut, wenn's sein muss.“ Einhard schlug die Decke zurück, schwang die Beine über die Bettkante und ging zur Waschschüssel, um sich einen Schwung Wasser ins Gesicht zu spritzen. Doch erst als er dem Untergebenen durch die dunklen Gänge folgte, wurde ihm klar, dass er dem König des Frankenreichs jetzt zum ersten Mal leibhaftig gegenüberstehen würde. Und mit einem Mal war er hellwach.

Die beiden Männer liefen den Nordtrakt der Pfalz entlang, der mit seinen Säulenarkaden wie eine griechische Stoa anmutete, und wandten sich dann nach links zur Aula Regia, der Versammlungsstätte des Hofes. An der Eingangstür verabschiedete sich der Knecht und wies nur schweigend ins Innere. Offensichtlich durfte er die Königshalle selbst nicht betreten.

Als Einhard die breiten Türflügel aufschob, kam ihm das Licht entgegen, als könne er es greifen. Warm und wohlig. Überall in dem weitläufigen Saal standen hohe schmiedeeiserne Leuchter, die wie Soldaten die Beratungen zu bewachen schienen. Auf der Spitze ihrer langen Stangen sprangen Flammen hervor, die so aussahen, als hätten die schiffförmigen Ölbehälter Segel aus Licht.

An den Wänden der Königshalle waren rundherum breite Sitzbänke mit Kissen angebracht, während am Kopfende in einer erhöhten, halbrunden Apsis der goldene Thron des Königs stand. Er wurde von einem mächtigen Bogen eingerahmt, an dessen Seiten auf dem Putz kunstvoll ein Vorhang gemalt worden war.

Der sieht ja aus, als könnte er jederzeit herunterfallen und die herrschaftliche Bühne friedvoll bedecken, dachte Einhard und schmunzelte. Daneben prangten farbige Darstellungen großer Herrscher der Vergangenheit. Einhard erkannte Alexander, Hannibal, Konstantin und Karl Martell.

Während er noch staunend die Verzierungen betrachtete, kam jemand mit energischen Schritten auf ihn zu. „Einhard, willkommen! Gut, dass du da bist! Jetzt kannst du dich gleich an die außergewöhnlichen Arbeitszeiten unseres Königs gewöhnen. Er wird übrigens in wenigen Augenblicken da sein. Ich bitte dich, genau hinzuhören und hinzuschauen. Es lohnt sich. Und jetzt nimm an meiner Seite Platz."

Alkuin zog Einhard hinter sich her und deutete auf eines der vorderen Kissen an der Wand. Er selbst blieb stehen. Doch kaum hatte sich der junge Lehrer niedergelassen, da riss ihn der Leiter der Hofschule schon wieder unsanft hoch.

Der König hatte den Saal betreten.

Flankiert von vier Leibwächtern schritt Karl über das rötlich und blau schimmernde Mosaik, das vom Eingangstor bis vor die Stufen der Apsis reichte. Er hatte den Rücken durchgestreckt, sodass seine Größe von mehr als einem Meter neunzig bei jedem Schritt deutlich zur Geltung kam. Nach alter fränkischer Art trug der König eine Hose und ein Hemd aus Leinen, über denen ein feiner grauer Rock mit langen Ärmeln fast bis zum Boden reichte. Sein Schnurrbart war sorgfältig gestutzt, und er hatte, anders als die anderen Männer im Saal, lange braune Haare, durch die sich schon einige graue Strähnen schlängelten.

Als Karl den Thron erreicht hatte, drehte er sich demonstrativ um und nahm Platz. Daraufhin setzten sich auch die übrigen Anwesenden. Das Treffen war damit offiziell eröffnet.

„Meist läuft es so ab: Der König spricht erst ein paar grundsätzliche Themen an – und erklärt dann ausführlich, was ihn gerade beschäftigt", flüsterte Alkuin Einhard zu.

Der König bemerkte das Murmeln seines Beraters und sah ihn an. Einen Moment fragte sich Einhard, ob Alkuin genau das beabsichtigt hatte, denn Karl wandte sich nun an den Gelehrten. „Was gibt es Neues in der Hofschule, Alkuin?"

Der Kleriker aus York erhob sich. „Mein König, wie es Euer Wunsch war, haben wir im Kloster Montecassino eine Abschrift vom Original der Klosterregeln des Heiligen Benedict bestellt. Sie ist heute angekommen. Und wie Ihr vermutet habt, birgt sie – und das sage ich schon nach einem ersten vorsichtigen Blick in das Werk – einen Schatz an geistlichen Erkenntnissen. Wenn Ihr in Erwägung ziehen würdet, die ‚Regula Benedicti' in allen Klöstern Eures Reichs als Ordnung einzuführen, dann gäbe es endlich eine allgemeine und verbindliche Norm für das geistliche Leben in einer kirchlichen Communio."

Karl stützte sein Kinn in die rechte Hand. Nachdenklich. Dann wiegte er leicht den Kopf. „Ein weitsichtiger Gedanke, Alkuin. Denn wenn es etwas gibt, das wir dringend brauchen, dann ein einheitliches Recht. Eine für alle Klöster geltende Grundordnung wäre sicherlich ein erster, wertvoller Schritt …"

Alkuin wollte etwas sagen, doch der König sprach schon weiter: „Aber wir müssen auch im weltlichen Recht weiterkommen. Es ist eine Schande, dass wir in so vielen Fragestellungen keine allseits gültigen Gesetze haben. Überall werden Zwistigkeiten und Dispute mit Fehden, Blutrache oder Selbstjustiz geklärt – wie bei den Barbaren."

Der Herrscher erhob sich und begann hin und her zu laufen. Erst jetzt nahm Einhard bewusst wahr, dass Karl einen ausgeprägten Dialekt sprach, ein melodiöses, breites Moselfränkisch. „Alkuin, wir können es nicht oft genug sagen: Uns liegt zuallererst die Einheit des Frankenreichs am Herzen. Und auch wenn wir dieses Reich mithilfe von verlustreichen Feldzügen in mühsamen Jahren so aufgebaut haben, dass es heute ein mächtiges Gebiet umfasst, sind wir uns bewusst: Die Einheit der darin verbundenen Völker können wir mit Truppen weder herbeiführen, noch auf Dauer sichern. Eine solche Einheit gelingt nur, wenn die Menschen der verschiedenen Stämme und Gebiete das gleiche Recht, die gleichen Werte, die gleichen Ziele und den gleichen Glauben haben. Verstehst du? Wir streben nicht nach der Einheit durch Gewalt, sondern nach einer Einheit in den Gemütern und Herzen. Der Sieg mit dem Schwert braucht auf Dauer eine kraftvolle Sicherung durch den Geist. Ja, erst eine Gemeinschaft im Denken schafft auch eine Gemeinschaft im Handeln.

Insofern ist deine Idee mit der ‚Regula Benedicti' ein guter Anfang, weil die Kirche und der Glaube die verbindenden Werte für die oftmals so verschiedenen Völker darstellen. Aber wir müssen noch viel radikaler vorgehen. Wir brauchen an allen größeren Orten Schulen, an denen das antike Bildungsgut wieder gelehrt wird; wir brauchen in den Gottesdiensten des Frankenreiches eine einheitliche Liturgie … wir brauchen klare Agenden, die erläutern, wie ein korrektes Gebet, ein Bekenntnis oder ein Segen formuliert werden sollen. Einheit durch Gleichheit.

Solange wir die Menschen sich selbst überlassen und ihnen keine Bildung ermöglichen, werden die Konflikte zwischen den Stämmen nicht aufhören. Wir ermahnen daher die Hofschule dringend, so etwas wie eine ‚Admonitio generalis' – eine allgemeine Ermahnung – zu verfassen, ein Sendschreiben zur Bildung, in dem wir als König ein umfangreiches Reformprogramm für das gesamte fränkische Reich verkünden.

Und in diesem Reformprogramm sollen alle Dinge geregelt werden, die im Augenblick noch wie Kraut und Rüben ins Feld schießen: von einem Curriculum für den Schulunterricht über ein Messbuch bis zu einer Richtlinie für die Theologenausbildung. Das, Meister Alkuin, sehen wir als vordringliche Aufgabe der Hofschule an. Enttäuscht uns nicht."

Karl hielt sich kurz an der Lehne seines Throns fest. Es sah aus, als müsse er sich erst sammeln oder seine Gedanken sortieren. Dann aber drehte er sich mit einem Ruck nach vorn zu seinem Hofstaat. Und diesmal war die Anspannung in seinem Körper für alle Anwesenden sichtbar: Er hatte die Fäuste geballt und den Oberkörper nach vorne gestreckt.

Der König sprach jetzt auch deutlich lauter, ja es war fast ein Schreien. Ein durchdringender Appell. „Und wenn wir ein starkes Reich sein wollen, ein Reich, in dem man miteinander und nicht gegeneinander agiert, dann kann es nicht angehen, dass der Herzog von Bayern nach wie vor sein regionales Recht, die ‚Lex Baiuvariorum', über unseres stellt.

Wenn wir ein starkes Reich sein wollen, dann darf es nicht

sein, dass der Herzog von Bayern weiterhin seine Eigenklöster mit so viel Geld ausstattet, dass der politische Einfluss ihrer Äbte größer ist als der unserer offiziell ernannten Bischöfe.

Wenn wir ein starkes Reich sein wollen, dann geht es nicht …“, Karl holte tief Luft, „… dass der Herzog von Bayern heimlich Boten zu den Awaren schickt, um mit ihnen einen heimtückischen Pakt gegen das Frankenreich zu schmieden … das heißt: gegen uns alle.“

Ein Raunen ging durch die Aula Regia, durchsetzt von erschreckten Rufen. Viele kannten die Awaren, dieses kriegerische Reitervolk im Südosten Europas bislang nur aus Legenden und Sagen. Angeblich besaßen deren Soldaten mit ihren skythischen Reflexbögen eine Geheimwaffe, mit der sie auf 500 Meter Entfernung einen Menschen ins Herz treffen konnten. Und das mit über 20 Schuss pro Minute.

Karl wartete, bis die Botschaft wirklich von allen Anwesenden verstanden worden war, dann fuhr er fort: „Ja, wundert euch nicht. Die Berichte unserer Getreuen lassen keinen anderen Schluss zu. Aber das ist noch nicht alles. Hat nicht der bayerische Herzog, der gerade in Ingelheim ankam, geschmückt wie ein Pfau, letztes Jahr Boten zum Papst geschickt, um den Heiligen Stuhl gegen uns einzunehmen? Ja, das hat er! Abt Hunrich vom Mondsee und Bischof Arn von Salzburg waren in Rom.

Zwar hat der Papst dem Bayern ausrichten lassen, er möge sich in allem an seine Vasallenpflichten halten, aber schon der feige Versuch dieses Mannes, den Nachfolger Petri gegen uns zu wenden, zeigt, dass er den Treueeid, den er uns 757 in Compiègne geleistet hat, wohl nicht länger halten möchte. Und das, obwohl er, wie auch sein Vater Odilo, nur durch fränkische Intervention überhaupt an die Macht gekommen ist. Er regiert nur durch unsere Gnade. Dank unserer Hilfe. Und wie lohnt er uns diese Freundschaft? Mit Hohn und Verrat. Ja, er ist ein

Verräter. Ein feiger Verräter! Und nun sagt uns: Was sollen wir mit ihm machen?“

Fasziniert bemerkte Einhard, dass Karl es demonstrativ vermied, den Namen seines Vetters Tassilo in den Mund zu nehmen. Als wolle er sich nicht damit beflecken.

Alkuin hob die Hand. Eine versöhnliche Geste. „Mein König. Der Streit zwischen den Franken und den Bayern hat uralte Wurzeln. Bis heute verstehen sich die bayerischen Fürsten, und nicht nur ihr Herzog, als eigenständige Herrscher im Sinne der Merowinger. Das heißt: Es fällt ihnen schwer zu akzeptieren, dass nun ein neues Herrschergeschlecht die Geschicke des Landes und der Menschen in der Hand hält …“

Karl unterbrach ihn: „Das wissen wir auch. Von euch, unseren Ratgebern, möchten wir wissen, was wir dagegen tun können.“

Paulinus von Aquileia erhob sich und trat einen Schritt vor. Er hielt ein Pergament in der Hand. „Mein König, in Eurer Weitsicht habt Ihr schon im vergangenen Jahr die ‚Lex Baiuvariorum‘ um einen unmissverständlichen Paragrafen erweitern lassen. Ich darf zitieren …“

Er hielt den Bogen schräg, damit das Licht einer Öllampe darauffiel:

> Wenn ein Herzog dieses Landes, den der König eingesetzt hat, so dreist und hartnäckig und durch Leichtsinn aufrührerisch, unwürdig oder rebellisch wäre, dass er das Gebot des Königs missachtete, soll er das Geschenk der Würde des Herzogtums verlieren und dem Kirchenbann verfallen.

Der Rechtsgelehrte hob den Kopf und streckte das Kinn vor. „So lautet mein Vorschlag: Nehmt ihm die Herzogswürde einfach wieder ab.“

Karl kam genervt bis an die erste Stufe. „Ach, einfach abnehmen … ein großartiger Vorschlag … wenn das so leicht wäre! ‚Gib sie her, deine Würde!' Sobald wir das tun, haben wir den gesamten bayerischen Adel am Hals. Die lieben ihren Herzog zwar auch nicht alle, aber dass ihr Anführer kurzerhand und ohne Prozess entmachtet wird, lassen sie sich gewiss nicht gefallen. Zudem wenden sich dann auch noch die Awaren öffentlich gegen uns – und die Langobarden, die nach meinem Sieg über dieses störrische Volk bei den Awaren Zuflucht gesucht haben. Die warten doch nur darauf, dass wir solch einen gravierenden Fehler machen."

Er spielte mit seiner schweren Goldkette. „Diese eigensinnigen Bayern haben leider die Tradition, sich immer mit den falschen Leuten zu verbünden. Kann uns jemand sagen, warum die Bayern seit Generationen ihre Kinder mit Langobarden verheiraten? Herzog Garibald nahm die langobardische Prinzessin Waldrada zur Frau, seine Tochter Theudelinde war nacheinander mit gleich zwei Langobardenkönigen verheiratet, mit Authari und Agilulf, der angesehene Langobardenherrscher Liutprand nahm sich die bayerische Königstochter Guntrud – und der aktuelle Quertreiber aus Regensburg hat sich auch eine Langobardin ins Schlafgemach geholt … Dabei gibt es so bildhübsche fränkische Frauen. Ja, wir nehmen sogar an, dass es selbst in Bayern schöne Mädchen gibt. Wenigstens ein paar. Aber nein, sie treiben es lieber mit den heißblütigen Weibern aus der Lombardei."

Als der König eine Pause machte, meldete sich einer seiner Feldherren zu Wort. „Wie wäre es, wenn wir einen militärischen Erstschlag wagen würden? Einen überraschenden Feldzug? Jetzt rechnet der Herzog nicht mit einem Angriff."

Karl drehte genervt den Kopf zur Seite. „Mit welcher Begründung? Und vor allem: Wozu? Wir haben die Bayern letztes

Jahr auf dem Lechfeld vernichtend geschlagen. Vernichtender geht es wohl kaum. Die reinste Schande war das. Nur: Wenn der Herzog anschließend seinen Lehnseid meineidig schwört und sich einfach nicht daran hält, sondern weiter gegen uns intrigiert, dann nützen alle Siege auf dem Schlachtfeld nichts."

Der König trat auf die mittlere Stufe und beugte sich leicht nach vorne. Ruhig, aber eindringlich sagte er, Wort für Wort betonend: „Wir sehen nur einen Weg: Er muss weg. Und er ist jetzt hier – in unserer Hand."

Alkuin trat zu ihm. Schnell. Und erregt. „Das geht nicht. Es würde Eurem Ansehen, mein König, zutiefst schaden. Dem Herzog kann hier nicht einfach ein ‚Unfall' widerfahren. Ihr … Ihr seid ein Mann des Glaubens. Der Beschützer der römischen Kirche."

Der König fing an zu lachen. „Wer spricht denn von einem Unfall? So etwas haben wir nicht einmal gedacht. Was du für ungebührliche Vorstellungen hast, Alkuin. Nein, wir möchten, dass das alles ganz legal zugeht. Wofür betreiben wir eine Hofschule, wofür leisten wir uns euch Dichter und Denker? Lasst euch etwas einfallen. Der Bayer hat derart viele Gesetze übertreten, es muss möglich sein, ihn loszuwerden. Streng nach den Gesetzen. Nicht um unseretwillen – wahrlich nicht, wir stehen darüber! Sondern um die dringend notwendige Einheit des Frankenreichs endlich voranzutreiben."

Noch einmal meldete sich Paulinus von Aquileia zu Wort. Er holte tief Luft und sagte dann: „Damit wäre noch nicht viel gewonnen. Wenn Ihr den Herzog von Bayern verurteilt, übernehmen automatisch seine Kinder die Regentschaft. Und die Kluft zwischen Bayern und Franken wäre dann noch tiefer."

Einige Zeit sagte niemand etwas. Einhard spürte, wie das Herz in seiner Brust schlug. Für einen Moment war er sicher, dass jeder in der Aula Regia es hören konnte.

Langsam und bedächtig nahm der König wieder auf seinem Thron Platz und murmelte: „Dann sollten wir dafür sorgen, dass auch der Rest der Familie nach Ingelheim kommt. Wir wollen sie hierhaben. Alle … Und wir möchten, dass sie ihr Vermögen mitbringen. Wir müssen dafür sorgen, dass es nach dieser Reichsversammlung keinen Grund mehr für ihn gibt, nach Regensburg zurückzukehren. Wir wollen, dass wir seinen Widerstand brechen …

Du hast ausgedient … Tassilo!"

Es klang, als spucke er den Namen aus.

5

Erbost zerknickte Einhard den Federkiel, den er gerade mühsam zurechtgeschnitten hatte, und warf ihn auf den Boden. Er schnaufte verächtlich. Seine Mühe war umsonst gewesen. Wieder einmal.

Erst hatte er die gräulich schimmernde Gänsefeder schräg angeschnitten, sie dann sorgfältig in Wasser eingeweicht, bis sie weiß geglänzt hatte, und anschließend in heißen Sand aus dem Kamin gesteckt. Als das erschreckte Zischen der Feuchtigkeit nachgelassen hatte und der Kiel wieder durchsichtig geworden war, war auch die Spitze hart genug gewesen, um die darauf befindliche Federhaut herunterzukratzen und mit der Bearbeitung zu beginnen.

Und nun war ihm der Zuschnitt misslungen. Ja, der dämliche Schaft war eingerissen. Wegen einer winzigen Unachtsamkeit. Welch ein Ärger! Wie sollte er so jemals zum Schreiben kommen?

Einhard legte grimmig das scharfe Messer zur Seite und versuchte, seinen Unmut zu besänftigen. Vor allem wollte er gerne verstehen, warum ihm dieses alltägliche Missgeschick heute derart zusetzte. Lag es wirklich daran, dass er noch einmal von vorne anfangen musste? Wohl kaum. Es hatte wahrscheinlich eher damit zu tun, dass Theodo, der bayerische Widerborst, auch an diesem Morgen dem Unterricht ferngeblieben war. Schon wieder! Dieser sture Mistkerl.

Der Lehrer seufzte tief. Nein, auch der Herzogssohn war nicht der wirkliche Grund für seine getrübte Stimmung. Mehr noch als die Tatsache, dass er mit seinen Versuchen, der hochrangigen Geisel des Königs näherzukommen, bislang gescheitert war, beunruhigte ihn der schicksalhafte Auftrag, den der König seiner Hofschule in der Königshalle erteilt hatte. Die höfischen Gelehrten sollten allen Ernstes einen Plan entwickeln, mit dessen Hilfe der oberste Fürst der Bayern vor Gericht gebracht werden konnte. Was für eine schändliche Anweisung!

Denn eines war unmissverständlich gewesen: Letztlich ging es Karl darum, den Herzog zu vernichten. Ihn und seine gesamte Familie. Ob ein derartig brutales Vorgehen wirklich dem Frankenreich diente? Ob es noch irgendwie „christlich" genannt werden konnte? Andererseits: Wenn Tassilo wahrhaftig daran gedacht hatte, sich mit den räuberischen Horden der Awaren gegen seinen gütigen Lehnsherren zu verbünden, dann gab es gar keine andere Wahl, als ihn als Feind zu betrachten. Als Herausforderer des Frankenreichs.

In Fulda hatte Einhard noch so fröhlich und unbeschwert die Fallstricke der Rhetorik, der Theologie und der Arithmetik erforscht. Da war er ein ehrgeiziger Wissenschaftler und leidenschaftlicher Zeichner von wagemutigen Bauplänen gewesen – und jetzt musste er Vorschläge unterbreiten, wie man einen Menschen aus politischen Gründen aus dem Weg schaffen konnte. Mithilfe von Gesetzen, die eigentlich doch dazu dienen sollten, die Menschen zu schützen …

Während Einhard noch gedankenverloren mit einem schon fertig bearbeiteten Federkiel spielte, stürmte Paulinus von Aquileia in das Skriptorium. Sein Gesicht strahlte, und seine Stimme überschlug sich mehrfach.

„Das ist unglaublich. Das muss ich euch erzählen. Unser König Karl ist so ein dreister Herr. Wisst ihr, was er heute Mittag gemacht hat? Nein, das könnt ihr euch nicht vorstellen. Also hört her …"

Er blickte mit weit aufgerissenen Augen in die Runde. „Ich

sag's euch: Beim Mittagessen, bei dem es natürlich wie jeden Tag vier opulente Gänge und einen saftigen Braten gab, hat er die gesamte Hofgesellschaft spontan aufgefordert, mit ihm zur Jagd aufzubrechen. Und zwar sofort. Ohne Verzögerung. Vom Tisch aufs Pferd. Los ging's! Auf und davon. Trotz des Regenwetters. Na, begreift ihr? Was das für ein Schachzug war?"

Er verzog schelmisch das Gesicht. „Natürlich trugen einige der Gäste wieder ihre feinsten Kleider. Samt und Seide. ‚Schaut uns an, wie elegant wir sind.' Allen voran der Herzog von Bayern … Nur Karl hatte wie immer seine schlichten Leinengewänder und sein dickes Schaffell an. Weil ihn diese Protzerei und das höfische Getue bekanntlich nerven. Tja, und bei dem unangekündigten Ritt durch Feld und Wald haben sich die feinen Herren ihre teuren Prunkgewänder und ihre golddurchwirkten Samthöschen natürlich total verdorben, während den urigen Kleidern des Königs das dichte Gestrüpp und der hochgewirbelte Matsch nichts anhaben konnten. Nun, ich nehme an, dass diese schmerzhafte Erfahrung den Herrschaften eine Lehre sein wird. Obwohl Tassilo bei der Rückkehr geguckt hat, als würde er unseren König am liebsten vor aller Augen vierteilen. Sein kostbarer, durchweichter Prunkmantel hing an ihm herunter wie ein vermodertes Leichentuch …"

Ein lautes Räuspern kam vom Eingang.

Paulinus fuhr herum und lief dann freudestrahlend auf den breitschultrigen Mann zu, der im Türrahmen stand. „Angilram. Wie schön, dass du gesund zurückgekehrt bist. Wir haben dich vermisst. Wie war deine Reise?"

Angilram von Metz war neuerdings der eigentliche Leiter des königlichen Skriptoriums, das bei Hof nur die „Capella" genannt wurde, weil die Hofgeistlichen, die sich früher um die wichtigste Reliquie der Karolinger gekümmert hatten – um die „Cappa", also den Mantel des heiligen Martin –, im Laufe der

Zeit auch die Verantwortung für den Schriftverkehr der Herrscher übernommen hatten.

Nach ihrer herzlichen Umarmung sah Angilram sich prüfend im Saal um. Gut gelaunt sagte er: „Wie ihr wisst, war ich im Kloster Corbie bei Abt Maurdramnus, um mich mit diesem begabten Kalligrafen über die neue Schrift zu unterhalten. Und hier ist die gute Nachricht. Sie scheint nun so weit entwickelt zu sein, dass wir damit arbeiten können."

Die meisten Schreiber stöhnten auf.

Erst in diesem Augenblick schien Angilram Einhard zu bemerken. Er trat an dessen Pult und meinte: „Ich nehme an, du bist Einhard, der Neue in unserem Kreis. Herzlich willkommen!"

Er hob die Feder vom Boden auf, die Einhard dorthin geworfen hatte. „Oh, sie ist eingerissen. Na, freu dich darüber! Sie hätte ohnehin nicht viel getaugt."

Angilram hielt den Kiel demonstrativ in die Luft. „Mit einer so schmal angeschnittenen Feder wird es uns nämlich nie gelingen, die neue Schrift zu lernen. Andere Buchstaben erfordern auch eine andere Art von Schreibfedern. Sie müssen vorne etwas breiter sein."

Er warf einen Blick auf das Pergament, das Einhard am Tag zuvor beschrieben hatte. „Eine schöne Hand. Aber altmodisch, junger Freund. Überholt. Völlig überholt. Man sieht zwar, dass ihr in Fulda von der nicht ganz so geschwungenen Schreibtechnik aus Britannien angeregt worden seid, aber die Worte sind trotzdem schwer lesbar. Das hier, das ist doch … ein Wirrwarr aus Linien. Eine Konfusion aus Worten. Ein wildes Durcheinander."

Er hielt das Pergament in die Luft. „Seht ihr die vielen verhäkelten Buchstabenverbindungen, die ganzen Ligaturen? Das sieht zwar künstlerisch höchst wertvoll aus, aber es kostet Zeit und reichlich Nerven, solche ausufernden Schnörkel später zu entziffern. Vor allem, wenn man selbst kein Schreiber ist. Darum gilt: Verständlichkeit geht von nun an vor Schönheit.

Ich gebe zu: Die vielen grafischen Abkürzungen haben bislang beim Schreiben einiges an Platz gespart, was lobenswert ist, wenn man bedenkt, dass für jede Doppelseite ein Schaf sein Leben lassen muss. Nur: Wenn keiner mehr die undefinierbaren Schwünge entziffern kann, nützt das alles nichts. Dann ist das vergebliche Liebesmüh. Ein Beispiel: Das R hier und das S hier drüben sind in deiner Schrift, Einhard, quasi nicht mehr zu unterscheiden. Beide bestehen aus einem senkrechten Strich mit einer kleinen Krümmung."

Einhard runzelte die Stirn. Was sollte die Kritik an seinem wunderschön gestalteten Dokument?

„Vor allem aber ...", jetzt hob Angilram energisch den Kopf, „... vor allem hat jedes Skriptorium auf unserem Kontinent seinen eigenen Schreibstil. Ein Grafologe kann auf Anhieb sehen, ob ein Dokument in Metz, in Fulda oder in Rom abgeschrieben wurde. Und genau das möchte der König ein für alle Mal beenden. Dieses Tohuwabohu. Er will in seinem Reich eine klare, einheitliche und vor allem eine gut lesbare Schrift.

Deshalb gilt fortan für euch alle: Die von Abt Maurdramnus und anderen entwickelte Minuskelschrift wird zukünftig der Standard der Capella sein. Nein, mehr noch, die Standardschrift aller Franken. Das heißt vor allem: Die Worte werden bitte nicht mehr kursiv geschrieben – und wir verwenden von nun an Halbunziale, also kleine Buchstaben, die einander berühren dürfen, aber nicht verbunden werden. Jetzt schaut nicht so griesgrämig. Natürlich ist das für uns Schreiber gerade am Anfang ein wenig unbequemer und zeitaufwendiger, aber der Lesefluss wird sich dadurch eindeutig verbessern."

Er grinste Einhard aufmunternd an. „Komm, ich zeige dir

die neue Technik zum Beschneiden der Federkiele. Am besten fangen wir gleich an."

Am späten Nachmittag rief Alkuin die Gelehrten und einige ausgewählte Schüler zusammen, um mit ihnen über das nächtliche Anliegen Karls zu sprechen. Nachdem er die Eintreffenden in seinem Arbeitsraum begrüßt hatte, verriegelte er die Tür und sagte leise: „Was wir hier besprechen, entscheidet über Krieg oder Frieden, Leben oder Tod. Kein Wort davon darf nach draußen dringen. Habt ihr verstanden?"

Alle nickten. Vorsichtig.

Alkuin stellte sich unter das Fenster. „Einige recht komplizierte Fragen sind zu klären. Erstens: Wie bekommen wir Tassilos Frau Liutberga mit ihren Kindern hierher nach Ingelheim? Zweitens: Wie schaffen wir es, dass sie das Vermögen der Familie mitbringt? Drittens: Wo finden wir Zeugen dafür, dass Tassilo mit den Awaren verhandelt hat? Und viertens: Wenn das für eine Verurteilung noch nicht reichen sollte: Welches sonstige Vergehen können wir Tassilo zweifelsfrei nachweisen?"

Er schaute in die betretenen Gesichter um sich herum und fuhr erregt fort: „Glaubt ihr, mir macht das Spaß? Ich könnte mir auch Angenehmeres vorstellen, als ein aufstrebendes, wohlhabendes und kulturell blühendes Land wie Bayern kurzerhand um seine Eigenständigkeit zu bringen … und dabei ein bedeutendes Herrschergeschlecht zu zerstören.

Aber was wäre die Alternative? Habt ihr eine Vorstellung? Soll Karl gegen Tassilo Krieg führen wie gegen die Sachsen? Ihr wisst, was das bedeuten würde: Seit mehr als zwanzig Jahren zieht jedes Jahr ein fränkisches Heer gegen die aufmüpfigen Stämme im Norden. Und jedes Jahr sterben Tausende von Kriegern und Unschuldigen wegen eines stolzen und freiheitsliebenden Volkes, das nicht bereit ist, den wahren Glauben anzunehmen und sich dem Frankenreich einverleiben zu lassen.

Nur, und das frage ich euch als Christ: Kann man die Liebe mit dem Schwert verkünden? Nein, das kann man nicht. Das habe ich dem König auch oft genug gesagt. Liebe kennt keinen Zwang, wie schon der Apostel Paulus schrieb. Aber Karl hört leider nicht auf mich. Sein Bestreben nach Einheit heiligt seiner Meinung nach alle Mittel.

Deshalb bin ich sicher: Wenn es uns nicht gelingt, die unsägliche Fehde zwischen Karl und Tassilo auf dieser Reichsversammlung endgültig zu beenden, werden in den nächsten Jahren, vielleicht sogar Jahrzehnten, viele Menschen auf den Schlachtfeldern ihr Leben lassen. Sehr viele. Dann wird der Konkurrenzkampf zweier unnachgiebiger Männer auf Kosten Tausender Soldaten ausgefochten werden. Und das müssen wir unterbinden. Diese Katastrophe müssen wir verhindern. Um Christi willen … Also: Habt ihr Vorschläge?“

Petrus von Pisa hätte wohl gern noch weiter darüber disputiert, ob die Hofschule ein solch zerstörerisches Anliegen des Königs tatsächlich unterstützen dürfte. Aber er schwieg. Schließlich rollte er demonstrativ mit den Augen und sagte: „Warum sollte die bayerische Herzogin freiwillig an den Hof kommen? Ich sehe überhaupt keine Möglichkeit. Und wenn wir sie förmlich hierherbestellen, wird sie sofort Verdacht schöpfen – und die Vorladung ignorieren. Oder sie lässt gleich ein ganzes Heer aufmarschieren. Beides wäre nicht gerade erbaulich.“

Theodulf von Orleans klopfte auf seinen Stuhl, um die Blicke auf sich zu lenken. „Ich denke, das Ganze darf überhaupt keine politische Anmutung haben …“ Er atmete einmal tief ein. „Passt auf, was haltet ihr davon: Lasst uns an Liutbergas Herz appellieren, an ihre Muttergefühle. Versteht ihr, was ich meine?

Wir schicken Boten nach Regensburg, die verklausuliert … nun ja, die andeuten, dass es Theodo, ihrem Liebling, sehr schlecht geht … was ja nicht einmal gelogen ist … und dass die herzogliche Familie deshalb schnell nach Ingelheim kommen soll. Die Boten müssen deutlich machen, dass es um Leben und Tod geht. Dann wird Liutberga gewiss nicht zögern und sich auf den Weg machen."

Der Poet schaute, nach Anerkennung heischend, in die Runde. Verblüfft stellte Einhard fest, dass er bei aller Skepsis nun doch neugierig war, wie er mit den gelehrten Männern diese vertrackte Aufgabe würde lösen können.

Alkuin aber legte erst einmal nachdenklich die Handflächen aufeinander: „Nicht schlecht. Nur: Wie sollen wir Liutberga dazu bringen, auch gleich das Familienvermögen mitzubringen? Sie wird wohl kaum aus lauter Liebe zu Theodo ihre Schatztruhen einpacken."

„O doch, das wird sie!" Paulinus von Aquileia deutete auf Theodulf. „Diese Sache mit der Mutterliebe ist nicht schlecht. Ja, das gefällt mir. Ich meine: Warum ist Theodo hier bei Hofe? Nun: als Geisel. Er bürgt ja quasi dafür, dass Tassilo seinen Lehnseid auch hält. Das bedeutet: Wenn Tassilo sich gegenüber dem König unloyal verhält, muss er befürchten, dass seinem Sohn etwas Schreckliches zustößt.

Wie wäre es, wenn wir Liutberga ausrichten lassen, der König in seiner großen Menschenfreundlichkeit sei bereit, die Sicherheiten auszutauschen, also: Theodo gegen das Vermögen der bayerischen Herzogsfamilie? Angesichts des bedrohlichen Zustands von Theodo möchte Karl nicht, dass dieser länger von seiner Familie getrennt ist – und nimmt daher den Schatz als monetären Ersatz. Sozusagen: Statt der menschlichen Bürgschaft gibt er sich mit einer finanziellen Bürgschaft zufrieden. Jedenfalls so lange, bis Theodo sich wieder ganz erholt hat.

Die Herzogin hätte wahrscheinlich sogar den Eindruck, dass sie sich dadurch wieder mehr Handlungsspielraum verschafft. Schließlich wäre der Verlust des Geldes für sie aufgrund ihrer laufenden Einnahmen leicht verkraftbar – der Verlust des Erstgeborenen dagegen kaum. Vor allem, da ihr zweiter Sohn Theodebert nicht besonders helle sein soll. Na, klingt das nicht nach einem überzeugenden Angebot?“

Der Leiter der Hofschule strich sich über den Kopf. „O ja, das klingt sogar ... sehr überzeugend. Ich denke, so machen wir es. Und ich werde unsere bewährten Gesandten Rather und Gerhard mit dieser Mission beauftragen. Sie sind in der Lage, Liutberga genau so viele Informationen zu geben, dass sie sich den Rest dazudenken kann – und einen gehörigen Schrecken bekommt.

Du, Theodulf, wirst einen gefühlvollen Brief aufsetzen. Und zwar in der neuen Minuskelschrift, sodass keiner erkennt, wer ihn tatsächlich geschrieben hat. Schreib am besten im Namen von ... warte ... im Namen von Bischof Arn von Salzburg. Er ist ihr zuständiger Hirte und zugleich seit einiger Zeit auf fränkischer Seite. Ach ja ... und berufe dich zugleich auf Liutprand, den geistlichen Begleiter Theodos. Das wird sie vollends überzeugen ... Ich werde mit Arn reden und ihm die Situation erklären ... Er ist ja schon vor einigen Wochen in Ingelheim eingetroffen ...“

Paulus Diaconus hob die Hand. „Meister Alkuin, ich habe Bischof Arn gestern Abend getroffen – und mir scheint, als ob es da ein ernsthaftes Problem gäbe.“ Der Gelehrte schob die linke Schulter vor.

„Cotani, die älteste Tochter Tassilos, weilt zurzeit nicht in Regensburg. Sie besucht in einem Kloster unweit von Trier eine Verwandte. Und wenn es wirklich gelingen soll, die gesamte Familie der Agilolfinger nach Ingelheim zu bekommen, wäre es unklug, just das gebildetste und verwegenste Familienmitglied zu vergessen."

Alkuin runzelte erstaunt die Stirn. „Cotani? Wenn ich mich recht entsinne, ist sie erst siebzehn Jahre alt …"

„… und dennoch wesentlich gefährlicher als ihr Vater. Tassilo kämpft mit dem Schwert, Cotani dagegen mit Anmut und Klugheit. Zudem ist sie eine ausgesprochene Schönheit. Ein Freund von mir hat sie vor einigen Jahren in Regensburg unterrichtet – und war von ihrem wissbegierigen und wachen Geist mehr als angetan. Glaube mir: Sie als Gegnerin zu haben, wäre für den König keine Freude."

Alkuin warf einen Blick aus dem Fenster. Dann drehte er sich wieder zu den Gelehrten um. „Gut, dann brauchen wir noch einen zweiten Brief. Ich denke, das wäre eine angemessene Aufgabe für … unseren Frischling … für Einhard. Na, was sagst du dazu?

Einhard, du bist nicht viel älter als Cotani. Du kannst dich wohl am ehesten in ihre Gemütslage hineinversetzen. Schreib ihr ein paar schmeichelnde, gewinnende Worte und deute die Brisanz von Theodos Situation ebenfalls nur an … Lass mich nachdenken … Rede so mit ihr, als wärest du eigentlich ein Vertrauter, der seinen Namen in diesem Fall nicht nennen darf, damit der Verfasser anonym bleibt, falls der Brief abgefangen wird.

So, und jetzt alle Mann an die Arbeit. Theodulf verfasst den Brief an Liutberga, Einhard den an Cotani, ich rede mit Arn und den Missi, Paulus, du organisierst Boten, die Zeugen für die Verhandlungen Tassilos mit den Awaren auftreiben. Paulinus, du machst dir Gedanken darüber, wie genau die Anklage aussehen muss … Schenke Gott uns dazu seinen Segen.

Und dann wollen wir mal sehen, wie weit wir kommen."

Einhard hätte später nicht mehr sagen können, ob er sich nicht schon bei seinem Schreiben an Cotani in die unbekannte Schöne verliebte. Ob nicht jeder Satz an die junge Frau in seiner Seele zu einer unaufhaltsamen Sehnsucht wurde.

Zum ersten Mal in seinem Leben war der junge Mann von einem Geistlichen aufgefordert worden, sich intensiv mit einer Frau zu beschäftigen – und zwar nicht mit den verstörenden Vorstellungen nackter Haut, gelockter Täler und wiegender Brüste, die ihn bisweilen in der Nacht bedrängten, sondern mit den liebreizenden Gedanken und Gefühlen einer von vielen gelobten Herzogstochter.

Letztlich, so hatte Einhard den Auftrag Alkuins verstanden, ging es darum, Cotani in seinem Brief mit Worten zu „verführen", sie sanft aus dem Kloster zu locken, in dem sie gerade weilte, und ihr den Weg zur Reichsversammlung schmackhaft zu machen.

Ja, er, der noch nie um ein Mädchen geworben hatte, sollte die Macht der Poesie nutzen, um die Gunst von Tassilos Tochter zu erwerben. Die junge Frau sollte sich – im wahrsten Sinn des Wortes – zu ihm „hingezogen" fühlen. Seinem drängenden Wunsch und Verlangen nachgeben. Sein Begehren erfüllen. Es lag in seiner Hand, ob sie nach Ingelheim kam. Er musste nur den richtigen poetischen Schlüssel zu ihrem Herzen auftreiben. Er musste suchen und finden.

Einhard machte sich an die Arbeit. Hingegeben. Konzentriert. Ergriffen von der einzigartigen Kraft der Gefühle, an die er gar nicht denken konnte, ohne sie zugleich erleben zu wollen. Nein, an die man gar nicht denken konnte, ohne dass sie im Geheimen schon stattfanden.

Wer Zuneigung dachte, der fühlte Zuneigung. Und sei es nur der drängende Wunsch danach. Wer Liebreiz dachte, der wurde sofort überwältigt von seinem Verlangen nach ebensolchem.

Und wer Heil dachte, der konnte das Wort nicht aushalten, ohne sich und anderen das Wohlwollen Gottes aus tiefstem Herzen zu wünschen.

Je genauer Einhard sich Cotani vorstellte, desto stärker wurde seine Verbundenheit mit ihr. Je mehr er mit den Begriffen rang, desto klarer sah er sie vor sich. Desto mehr verwandelten sich seine Gedanken in Realität. Er sollte Cotani umwerben, also umwarb er sie. Und wenn aus seiner Feder der Begriff „erfreulich“ floss, dann war Cotani erfreulich. Wie konnte es auch anders sein? Worte schaffen Wirklichkeit.

Kurz vor Mitternacht hatte Einhard endlich die Formulierungen vereint, die seinem Herzensanliegen am nächsten kamen. Denn tatsächlich wünschte er sich in diesem Augenblick nichts mehr, als dass Cotani möglichst schnell in Ingelheim eintraf. Nicht nur, weil das die Kunstfertigkeit seiner Worte beweisen würde, sondern vor allem, weil er es nicht erwarten konnte, sie leibhaftig vor sich zu sehen.

Am nächsten Morgen schrieb er das Dokument noch einmal ins Reine und brachte es direkt zu Alkuin, der den Brief laut vorlas:

In der Gnade Gottes des Allmächtigen sende ich Euch durch diese Schrift Heil, Euch, der überall geschätzten Frau, dem hochberühmten Mädchen, das unter allen Adeligen am adeligsten ist, das unter den Gleichaltrigen alle übertrifft und so erfreulich anzusehen ist, wiewohl Euer Verstand noch erfreulicher ist, sodass Ihr innerlich und äußerlich mit Schönheit geschmückt seid, Euch, Cotani, der Tochter des ausgezeichneten Fürsten und unserer besonderen Freundin und geliebten Herrin.

Und ich verkünde Euch, zusammen mit meinem Kollegen Luitprant, dass er behutsam und nach dem Willen unseres Herren sein Anliegen dem König dargelegt und über die unsäglichen Probleme der Familie mit dem König geredet hat.

Nun aber wisset, dass Ihr Euch auf die Reise nach Ingelheim machen sollt, um den König aufzusuchen und auch für die Dienerin, die Euch begleitet, alles, was notwendig ist, vorzubereiten. Dies sage ich nicht als Bitte, sondern als Forderung.

Ein zufriedenes Schmunzeln breitete sich auf Alkuins Gesicht aus, als er am Ende angekommen war. „Bravo! Großartig! Ich kann mir kaum vorstellen, dass ein stolzes Mädchen wie Cotani diesen Worten widerstehen kann. Das ist gleichermaßen sanft und fest, schmeichelnd und distanziert, selbstbewusst und demütig, einladend und befehlend. Und niemand kann sagen, wer der Autor ist. Perfekt. Ich habe das Gefühl: Du wirst es noch weit bringen, Einhard.

Trotzdem bitte ich dich, den Text ein weiteres Mal abzuschreiben. Weißt du, warum? Ganz einfach: Er ist zu gut. Zu glatt. Zu gefällig. Bau lieber noch einige grammatikalische Fehler ein, sprachliche Unsauberkeiten, Schreibfehler, verblüffende Wendungen, syntaktische Schwächen, damit später niemand dich oder die Capella der Urheberschaft verdächtigt.“

Zwei Stunden später verließ ein berittener Bote die Königspfalz Richtung Trier. In seiner Tasche ein verhängnisvolles Pergament.

6

Die Rufe der Knechte hallten am Ufer entlang und verbanden sich mit dem Rauschen des Flusses und dem Schreien der Vögel zu einer frühsommerlichen Symphonie. Als wären die kehligen Laute der Männer frisch geschnittene Gerten, so trieben sie die Pferde an, die mit festen, stetigen Schritten die schwer beladenen Lastkähne an dicken Tauen den Fluss hinaufzogen: „Ho! Hey! Ja! Hey! Vorwärts! Ho! Hey! Ja! Weiter so!"

Einhard lag im Schatten einer Linde, hielt die Augen geschlossen und lauschte aufmerksam den Geschichten, die die vielfältigen Geräusche ihm erzählten. In den letzten Wochen hatte er sich angewöhnt, täglich um die Mittagszeit, wenn es seine Arbeit im Skriptorium erlaubte, für eine schnelle halbe Stunde ans Ufer des Rheins zu laufen und die Schiffer beim Treideln zu beobachten. Oder seine Gedanken einfach sich selbst zu überlassen.

Die vorbeiströmenden Wassermassen taten dem jungen Lehrer gut und entspannten ihn. Bisweilen stellte er sich vor, er könne seinen Geist einfach den Fluten anvertrauen und sich mit ihnen treiben lassen. Unerschrocken loslassen. Endlos lange. Willentlich willenlos. Das Rheintal hinabfließen, weich und wohlig, zwischen den zerklüfteten Felsen entlang, an der wilden, sagenumwobenen Loreley vorbei, die angeblich den Schiffern Betörendes zusang, um sie fürchterlich ins Verderben zu führen, und dann mit den Wellen immer weiter, hinab bis ins Meer, wo er am Ende eins werden konnte mit der unendlichen Tiefe der See.

Hier lag er, Einhard, während der Rhein ewig weiterfloss.

Hin in andere Welten, andere Reiche, andere Wirklichkeiten, vor allem aber an andere Ufer, an denen jetzt aller Wahrscheinlichkeit nach ebenfalls Menschen saßen, standen oder liefen – und ihr Leben zu leben versuchten.

Wer da wohl sein Tagwerk verrichtete? Emsige, raue Bauern mit verhärmten Gesichtern und schwieligen Händen? Kampferprobte Krieger mit wulstigen Narben am ganzen Körper? Frauen, die von den zärtlichen Umarmungen der letzten Nacht noch ein verklärtes Lächeln auf den Lippen trugen wie das kostbarste aller Schmuckstücke? Hungrige Kinder, die zwischen den umtosten Steinen am Ufer nach Treibholz suchten?

Während Einhard seine Gedanken an diesem Mittag auf Reisen schickte, wäre er beinahe eingeschlafen … Doch dann schlich sich plötzlich ein feiner Duft in seine Nase … eine Mischung aus Mandelblüten, Vanille und frischem Mädchenschweiß …

Bevor er die Augen öffnete, sog er diesen Geruch noch einmal tief ein. Gierig. Hungrig. Betört. Als könne er davon, schon jetzt, nach dem ersten Kosten, nie genug bekommen. Von einem Duft, der das Feuer in ihm stillte und es zugleich neu entfachte.

Da hörte er plötzlich ein mühsam unterdrücktes Kichern hinter seinem Kopf.

Einhard sprang auf und drehte sich um. Am Stamm der Linde lehnten zwei junge Frauen, fast noch Mädchen, die ihn offensichtlich schon eine ganze Weile beobachtet hatten und sich prächtig über ihn amüsierten. Die Jüngere hatte dunkle Haare und trug das Gewand einer Dienerin, die etwas Ältere ein rotes Samtkleid mit winzigen Goldplättchen.

Noch bevor die beiden ein Wort gesagt hatten, erkannte Einhard Cotani. Nicht nur an ihren roten Locken, sondern auch, weil er sich die bayerische Prinzessin in seiner Fantasie schon so oft ausgemalt hatte, dass sie ihm längst vertraut war. Sie war tatsächlich gekommen. Aufgrund seines zarten Briefes. Unglaublich.

Das verschlug es ihm erst einmal die Sprache. Stotternd sagte er: „Dies … so etwas … so etwas Ungehöriges … solltet ihr nicht machen …“

Die beiden kicherten jetzt laut und ungezwungen. Weiße, strahlende Gesichter.

Einhard streckte die Brust heraus. Er versuchte, sehr männlich zu klingen. „Was wäre, wenn ich ein richtig übler Bursche wäre, ein charakterloser Unhold, einer, der einer Dame wie dir etwas Übles antun würde? Wenn ich etwa ein Wegelagerer wäre?“

Ehe Einhard genau registrieren konnte, was geschah, griff Cotani an ihren rechten Schnürschuh, sprang auf ihn zu – und plötzlich spürte er den Druck einer scharfen Messerklinge am Hals.

Leise sagte die junge Frau: „Nun, dann wärst du jetzt tot. Mausetot. Das geht ganz leicht.“ Der Tonfall ihrer Worte ließ keinen Zweifel daran, dass sie zu einer solchen Tat jederzeit fähig war.

Lachend ließ sie ihn wieder los. „Unsere Pferde brauchten eine Rast – und dieses lauschige Plätzchen hier hat uns wohl ebenso magisch angezogen wie dich. Außerdem gehe ich davon aus, dass jemand, der sich aufs Lesen und Schreiben versteht, weiß, wie man sich einer Dame gegenüber verhält.“

Einhard wurde bleich. Wusste sie, wer er war? Wusste sie, dass er den Brief geschrieben hatte? Doch Cotani deutete nur auf seine Hände, die voller Tinte waren. Verlegen versuchte der Lehrer, die schwarzen Fingerkuppen in den Falten seines Rocks zu verbergen.

Während sie auf den Fluss hinausblickte, sagte Cotani: „Gehörst du zum Skriptorium des Königs? Bist du ein Gelehrter?

Und: Kannst du uns sagen, wie weit es noch bis nach Ingelheim zur Pfalz ist?"

Verwirrt nickte Einhard einfach nur, während seine Gedanken sich überschlugen. Wie sollte er reagieren? Seit Tassilos Frau Liutberga vor zehn Tagen mit den übrigen Kindern und dem Vermögen des bayerischen Herzogs in Ingelheim eingetroffen war, ging es in der Pfalz drunter und drüber. Getuschel in allen Gängen und Sälen.

Natürlich hatte Tassilo beim unerwarteten Eintreffen seiner Familie sofort erkannt, dass eine Verschwörung gegen ihn im Gang war – und ließ nun seinerseits mächtige Vertraute aus Bayern herbeirufen, um seine Position vor der Reichsversammlung zu stärken. Doch offensichtlich war er sich des Ernstes der Lage noch nicht wirklich bewusst – oder er fühlte sich in seiner Stellung als Landesfürst so unangreifbar, dass er nach wie vor mit dem König entspannt bei Tisch saß und sich weiterhin wie ein freier Souverän verhielt.

Möglicherweise glaubte er ja tatsächlich, Karl werde ihm bei der Reichsversammlung in alter familiärer Verbundenheit einen Tausch der Lehnssicherheiten vorschlagen und das herzogliche Vermögen anstelle von Theodo, dem die Geiselhaft für alle erkennbar nicht bekam, als Bürgschaft annehmen. Immerhin war im ganzen Frankenreich bekannt, wie klamm die Kassen des Königs waren.

Einhard wusste jedoch, dass Karls Plan anders aussah. Völlig anders. Es war dessen Boten nämlich schon nach kurzer Zeit gelungen, mehrere auskunftswillige Zeugen für die Kontakte Tassilos mit den Awaren zu finden. Und Paulinus von Aquileia arbeitete seit Wochen, seit dem Verschicken der „Familienbriefe", an einer herben Anklageschrift, die den Bayernfürsten ein für alle Mal entthronen sollte. Und dann würde es auch für dessen Kinder keine Gnade geben. Schließlich sollte der Konflikt auf keinen Fall in die nächste Generation weitergetragen werden.

„Schön, dass du weißt, wie weit es noch bis Ingelheim ist … wenn ich dein konzentriertes Kopfnicken richtig interpretiere. Bist du auch bereit, es uns zu sagen? Das wäre sehr galant …" Cotani schaute ihn herausfordernd an – und Einhard merkte, dass er sie einfach nur angestarrt hatte.

Er machte einen vorsichtigen Schritt auf die Prinzessin zu und raunte: „Ich wünsche euch Heil, euch, der überall geschätzten Frau, dem hochberühmten Mädchen, das unter allen Adeligen am adeligsten ist, das unter den Gleichaltrigen alle übertrifft und so erfreulich anzusehen ist, wiewohl euer Verstand noch erfreulicher ist, sodass ihr innerlich und äußerlich mit Schönheit geschmückt seid, euch Cotani." Er verbeugte sich tief.

Erstaunt sah die bayerische Herzogstochter ihre Dienerin an. Dann wandte sie sich wieder Einhard zu: „Woher kennst du den Brief? Und wieso kannst du ihn auswendig?" Sie griff in ihren Ausschnitt und zog das Pergament hervor. Eine verlockende Bewegung.

Einhard legte irritiert den Finger auf die Lippen. „Das darf ich nicht sagen. Aber ich empfehle dir dringend, ja mehr als dringend … Ingelheim zu meiden. Du bist dort in höchster Gefahr. Du und deine ganze Familie."

Cotani schaute wieder auf den Fluss hinaus. „Ich weiß! Sei offen zu mir: Ist mein Vater ein Gefangener? Wird er schlecht behandelt?"

Zögernd antwortete Einhard: „Schwer zu sagen. Er bewegt sich frei in der Pfalz, soweit ich weiß. Aber ich habe keine Ahnung, was Karl unternehmen würde, wenn Tassilo sich anschickte, einfach davonzureiten. Tatsache ist: Es warten eigentlich alle nur noch auf deine Ankunft, bevor sie mit den Verhandlungen beginnen."

Mit einem Ruck wandte sich Cotani um. „Nun, dann wollen wir ihnen zeigen, dass sich die Agilolfinger nicht vor einem König fürchten, dessen Familie den Thron heimtückisch erschlichen hat. Komm, Ruperta, Gott wird mit uns sein."

Ohne Einhard noch eines Blickes zu würdigen, lief Cotani hoch zur Straße, wo ihr die Pferde ungestüm entgegenwieherten.

„Warte! Möchtest du nicht wenigstens wissen, warum ich ..."

Ruperta, die Dienerin, gab Einhard ein fast herablassendes Zeichen, er möge schweigen. Frech rief sie: „Hör gefälligst auf, meine Herrin so anzuglotzen. Dir fallen ja gleich die Augen aus dem Kopf. Hast du noch nie eine attraktive Frau gesehen? Na, wahrscheinlich gibt es bei euch Barbaren hier im Norden nicht gar so viele."

Dann war nur noch das Schlagen der Hufe zu hören.

Die Reichsversammlung, die am nächsten Morgen eröffnet wurde, begann mit einem Eklat. Am Eingang der Aula Regia stellten sich zwei bullige Soldaten Tassilo in den Weg und verlangten sein Schwert. Energisch. Und unmissverständlich.

Erbost weigerte sich der Herzog. Natürlich. Ein solches Anliegen war eine Unverschämtheit. Wer bei Hofe aufgefordert wurde, seine Waffen abzulegen, der wurde vor aller Augen erniedrigt und entehrt. Nur ein Ritter, der ins Kloster eintrat, legte freiwillig sein Schwert nieder, das sichtbarste Zeichen seines Standes und seiner Würde. Das Tragen der Waffen galt als Hinweis auf die königliche Achtung. Wenn Tassilo sich dermaßen entblößen sollte, konnte das nur bedeuten, dass Karl seinem edelsten Gefolgsmann soeben vor allen Oberen des fränkischen Reiches das Vertrauen entzogen hatte.

Einhard, der auf der rechten Seite unter den Lehrern der Hofschule saß, stöhnte auf. Noch ehe ein einziges Wort der Anklage zu Gehör gebracht worden war, war bereits ein Urteil gefällt worden – allein durch die zeremonielle Behandlung Tassilos.

Als der Herzog sich weiterhin gegen die Entwaffnung wehrte, ergriffen ihn mehrere Soldaten und rissen ihm das Schwert gewaltsam von der Seite. Wütend schrien einige bayerische Gaugrafen auf. Zu Recht. Schließlich war ihrem Anführer bislang nicht einmal angedeutet worden, dass ihm in der Königshalle der Prozess gemacht werden sollte – auch wenn das alle geahnt hatten. Aber eine solche herabwürdigende Behandlung ging eindeutig zu weit.

Zornig befreite sich Tassilo aus den Griffen der Soldaten und stürzte nach vorn zum Thron, wo Karl bereits Platz genommen hatte.

„Was soll das, mein König? Wer zu einer Reichsversammlung kommt, dem wird freies Geleit zugesichert. Und der darf auch seinem Stand gemäß eine Waffe an der Seite führen. Warum werde ich wie ein Gefangener behandelt?"

Anstatt zu antworten, wies Karl Paulinus von Aquileia an, nach vorn zu treten. Eine weitere Erniedrigung. Der König hielt es nicht einmal für nötig, persönlich mit Tassilo zu sprechen.

Der Gelehrte aus Italien stellte sich neben den Thron und verkündete: „Tassilo, Herzog von Bayern. Da muss es sich um ein Missverständnis handeln. Die Missi wurden dieses Mal eindeutig angewiesen, diesen Passus nicht zu erwähnen. Da hast du dich wohl verhört."

Paulinus wies auf einen Stuhl, den ein Diener dem Herzog brachte. Doch Tassilo war noch zu aufgebracht.

„Dann sagt mir bitte, was Ihr gegen mich vorzubringen habt. Denn, so wahr ich hier stehe, mein Herz ist rein. Bei Gott und allen Heiligen. Ich bin in vielem anderer Auffassung als der König und dennoch sein treuer Diener. Deshalb verlange ich eine Erklärung, warum man mich so schändlich behandelt. Treu und zur rechten Zeit habe ich mein Lehen bezahlt … und treu ist mein Herz.“ Er blies erbost die Luft aus. Dann nahm er Platz. Jetzt wieder ganz ein Herrscher.

Paulinus schaute kurz zu Karl, und als der nickte, übernahm der Gelehrte offiziell die Rolle des Anklägers. „Tassilo. Du begehrst eine Erklärung … die sollst du haben. Sehr gerne sogar.“ Ein listiges Glitzern wurde in den Augen des Juristen sichtbar. „Aber nicht ich will sprechen, sondern zwei Männer, die dich viel besser kennen als ich. Und die dir auch sehr vertraut sind.“ Er deutete auf die Gruppe der bayerischen Adeligen, die seit dem Eintritt Tassilos erregt miteinander disputierten.

Nun lösten sich zwei der angereisten Gaugrafen zur Verwunderung der Übrigen aus dem Kreis und stiegen eilig die Stufen zur Apsis hoch. Die Gespräche erstarben schlagartig und in Tassilos Gesicht spiegelte sich für einen Augenblick das blanke Entsetzen. Offensichtlich hatte er gerade diese beiden Adeligen als seine Fürsprecher angesehen.

„Grimoald und Eticho“, sagte Paulinus, „ihr seid engste Vertraute des Angeklagten. Was habt ihr uns über den Herzog zu berichten?“

Eticho, ein fast sechzigjähriger, beleibter Mann, dem das linke Auge fehlte, schaute Tassilo nicht an, sondern wandte sich direkt an den König: „Mein Herr, im vergangenen Jahr kam Tassilo, der ‚Dux Baiuvariorum‘, mehrfach zu uns und forderte uns auf, unseren Treueeid dir gegenüber zu brechen. Er verhandele schon seit Längerem mit den Fürsten der Awaren und mit Adelchis, dem Sohn des von dir abgesetzten Langobardenherrschers Desiderius, der in Konstantinopel im Exil lebt. Gemeinsam seien die Völker bereit, dich zu stürzen und die Macht im Frankenreich zu übernehmen. Er bat uns, ihn in diesem Vorhaben zu unterstützen.“

Tassilo brüllte nur: „Lüge!“

Obwohl er mit seinen siebenundvierzig Jahren nur sieben Jahre älter war als der König, wirkte er nach dieser Attacke wie ein früh gealterter Mann.

Der Jurist hob die Hand. „Eticho, wie kann das sein? Tassilo wusste doch, dass sein erstgeborener Sohn Theodo in der Hand des Königs ist. Dessen Leben hätte er sicherlich nicht leichtsinnig durch solch eine unverantwortliche Verschwörung gefährdet.“

Nun trat Grimoald nach vorne. „Das haben wir ihn natürlich auch gefragt, voller Verwunderung, aber Tassilo fluchte nur: ‚Selbst wenn ich zehn Söhne hätte, würde ich sie für die Freiheit Bayerns opfern. Ehe ich mich an meinen verfluchten Schwur gegenüber dem König halte, sollen sie lieber sterben. Denn es ist besser, tot zu sein, als einem üblen Tyrannen wie Karl zu dienen.“

Jetzt waren es die vielen königstreuen Männer, die ihrem Unmut laut Ausdruck gaben. Einige sprangen auf.

„Der König hat den beiden Grafen große Ländereien versprochen, wenn er mit ihrer Hilfe Herrscher von Bayern wird.“ Alkuin hielt seine Hand schützend über Einhards Ohr, während er ihm diese Information zuflüsterte. „Sie würden alles bezeugen.“

Einhard murmelte: „Heißt das, sie lügen?“

Alkuin zuckte mit dem rechten Mundwinkel. „Nein, das denke ich nicht. Aber dass sie die Intrige hier eingestehen und gegen ihren Landesfürsten Stellung beziehen, hat natürlich seinen Preis. Andererseits … Die beiden Kerle sind so gewissenlos, die würden für eine entsprechende Summe wahrscheinlich auch behaupten, dass Tassilo nachts in den Kleidern seiner Frau Liutberga auf den Zinnen von Regensburg tanzt, dabei obszöne Lieder singt und die Auferstehung Christi leugnet …“

Die beiden bayerischen Zeugen berichteten unterdessen ausführlich, wie Tassilo sie mehrfach angestiftet habe, ihren Lehnseid gegenüber Karl arglistig zu leisten und mit den gemeinsamen Verbündeten im Süden das umstürzlerische Vorhaben voranzutreiben. Sollten sie sich allerdings gegen ihn stellen und dem König weiter anhängen, dann – so habe Tassilo gedroht – warte auf sie nach Tassilos Machtergreifung der sichere Tod. Zudem, versicherte Eticho, hätten sie mehrere Zeugen, die bei den Verhandlungen mit den Awaren zugegen gewesen seien. Hier gebe es also keinen Zweifel. Tassilo verhandle heimtückisch mit dem Feind.

„Halt!"

Ein sehniger bayerischer Fürst trat hervor. „Mein König, ich bitte ums Wort."

Wieder flüsterte Alkuin Einhard ins Ohr: „Das ist Cancor. Ein kluger und besonnener Mann."

Der Bayer hob beide Hände. „Ich bekenne, ich selbst war bei mehreren Treffen mit den Awaren dabei."

Wütend warfen die Anhänger Karls ihre Fäuste in die Luft. Die Schwerter rasselten, und die erbosten Rufe brachen sich an den Wänden.

Cancor schüttelte den Kopf. „Ja, brüllt nur, aber erst solltet ihr hören. Bevor Ihr, mein König, die Langobarden im Kampf bezwungen habt, gab es viele Verbindungen zwischen dem Reich der Bayern und den Fürsten der Lombardei, den langobardischen Herrschern. So haben zahlreiche Eheschließungen die familiären Bande der beiden Herrscherhäuser stark werden lassen. Und das nicht erst seit Kurzem, sondern seit vielen Jahrzehnten.

Nun aber leben nach deinem königlichen Sieg einige frühere langobardische Widersacher im Exil bei den Awaren – aus berechtigter Angst vor fränkischer Rache. Zu ihnen zu reisen, bedeutet daher nicht automatisch, dass Ränke geschmiedet werden, es ist erst einmal ein seltenes Wiedersehen von Verwandten. Geschwister besuchen einander. Großeltern halten ihre Enkelkinder auf dem Schoß. Seit Langem getrennte Familienmitglieder, die das gemeinsame Blut verbindet, finden zusammen. Das scheint mir noch kein strafbares Vergehen zu sein.

Und wenn Tassilo Kontakt mit Adelchis, dem geflohenen Prinzen der Langobarden, in Konstantinopel aufnimmt, dann nicht, weil dabei ein Aufruhr geplant werden soll – sondern eher, damit seine Frau, die auch von dir hoch geachtete Liutberga, ihren Bruder wiedersehen kann. Ich frage euch: Ist das verwerflich?

Nein, das ist es nicht! Selbst dann nicht, wenn der Prinz im Exil dabei gelegentlich wehmütig zum Ausdruck bringen sollte, dass er sich nach den alten Zeiten zurücksehnt, in denen Karl als König noch nicht Herr über Europa war und die Langobarden noch nicht überwunden schienen. Welcher unterlegene Fürst sehnt sich nicht danach, wieder in Amt und Würden zu sein? Bei alldem erkenne ich keinerlei Vergehen, das zu ahnden wäre.

Hat Tassilo ein Heer aufgestellt? Nein! Hat er konkrete Schritte zum Sturz des Königs unternommen? Nein! Hat er irgendwo öffentlich gegen Karl agiert? Nein!

Ich weiß nicht, was Eticho und Grimoald gehört haben wollen, aber ein hitziges Gespräch unter Männern zu nächtlicher Stunde unter dem Einfluss zahlreicher Humpen Wein – dem diese beiden Grafen bekanntermaßen gern zusprechen – ist höchstens mit einer Geldbuße zu bestrafen, mehr aber auch nicht. Denn seien wir offen: Dass sich Tassilo als neuer fränkischer Lehnsmann bisweilen die verlorene Freiheit zurückwünscht, das wird ihm selbst sein König nicht vorhalten können."

Cancor neigte seinen Oberkörper ergeben nach vorne. Jetzt brüllten die verschiedenen Parteien von allen Seiten quer durch den Raum.

„Wie ich gesagt habe: ein kluger Mann.“ Auf Alkuins Gesicht zeigte sich ein zufriedenes Grinsen. „Paulinus ist wahrhaft gewitzt. Alles läuft genau so, wie er es sich ausgedacht hat.“

Einhard drehte den Kopf zu dem schmalen Kleriker. „Wieso das? Mir scheint nicht, als ob die genannten Anklagepunkte auch nur annähernd ausreichen, um Tassilo wirklich zu bändigen.“

Alkuin hob die Augenbrauen. „Nein, natürlich nicht. Aber jetzt halten ihn alle Anwesenden schon für einen Übeltäter. Seine Ehre ist befleckt. Er wirkt wie ein liebloser Vater, der alles für seine Macht opfern würde, und sein Widerwille gegen Karl wurde deutlich benannt … Jetzt sieht es so aus, als müssten wir nur noch über ein angemessenes Strafmaß verhandeln. Doch genau an diesem Punkt wird unser Jurist noch einmal kräftig nachlegen. Mit einer Geschichte, an die sich hier keiner mehr erinnert. Pass gut auf … Das wird eine Lehrstunde in angewandter Rhetorik.“

Paulinus bat in der Apsis gerade energisch um Ruhe. Dann stellte er sich wieder neben den Thron. „Sehr gewinnend hast du gesprochen, Cancor. Denn wer könnte etwas dagegen haben, wenn Schwester und Bruder einander in den Armen liegen? Niemand. Wir alle schätzen enge Familienbande sehr.“

Der Jurist wandte sich jetzt an alle Anwesenden. „Dennoch stellt sich mir die Frage, ob die Widerborstigkeit und der Ungehorsam nicht doch tief im Charakter Tassilos, des Angeklagten, verankert sind. Ob nicht sein Verhalten schon immer geprägt war vom üblen Geist des Aufruhrs und des Umsturzes.“

Wieder kamen wütende Zwischenrufe aus den Reihen der bayerischen Vertreter.

Paulinus aber ließ sich nicht irritieren. „Ich möchte Paulus Diaconus bitten, uns einen kurzen Text aus den fränkischen Reichsannalen vorzutragen."

Der Angesprochene erhob sich und las mit lauter Stimme vor:

> Im Jahr 757 hielt König Pippin mit den Franken einen Reichstag in Compi gne ab. Dorthin kam auch Tassilo, der Herzog der Bayern, und gelobte König Pippin die Treue und begab sich durch den Handgang in Vasallenschaft. Dieser Treueeid galt auch für die Söhne des Königs, unsere Herren Karl und Karlmann.

Paulinus machte einen Schritt auf Tassilo zu. „Hast du diesen Eid im Jahr 757 geschworen?"

Der Herzog sah ihn misstrauisch an. Dann rief er verächtlich: „Ja, das habe ich. Selbstverständlich. Wie alle, die damals schon dabei waren."

Mit einem drohenden Unterton sagte der Jurist: „So, ich halte fest: Du hast 757 den fränkischen Königen den Treueeid geleistet …" Er drehte sich zu Karl um. „Und doch, mein König, hat dieser Herzog den geleisteten Treueeid nicht gehalten, sondern im Jahr 763 euren Vater, den ehrenvollen König Pippin, bei dessen Kriegszug gegen Aquitanien schmählich im Stich gelassen. Ja, eiskalt hat Tassilo seinen König, das Heer und die anderen Edlen, die ihre Waffenpflicht treu erfüllten, hintergangen und verraten."

Der Jurist sah jetzt aus wie ein alttestamentarischer Gerichtsprophet. „Das fränkische Gesetz kennt für ein solches Vergehen ein uraltes … ein beschämendes Wort: ‚Harisliz'. Ja, ‚Harisliz' – Fahnenflucht. Und jeder ehrenwerte Mann weiß, welche Schande darin anklingt, weil ‚Harisliz' ein Zeichen von Feigheit und Ehrlosigkeit ist. Seine Kampfgefährten zu verraten, zu desertieren und sie in der Gefahr allein zu lassen, gilt zu Recht als abscheuliches Vergehen! Als Hochverrat und Eidesbruch!“

Es war, als hielte die gesamte Versammlung den Atem an. Miteinander. Für eine schier endlose Schrecksekunde.

Bevor wieder alle durcheinanderschreien konnten, erhob Cancor erneut die Stimme: „Mein König, das ist fünfundzwanzig Jahre her. Wie kann es sein, dass ein solcher Tatbestand heute hier verhandelt wird? Ist nicht …“

Paulinus unterbrach ihn: „Wird ein Vergehen weniger verwerflich, nur weil es lange her ist?“

Cancor atmete laut aus. „Nein, aber ich selbst war damals in Compiègne dabei. Und erinnere mich sehr genau, dass der Eid, den wir Pippin leisteten, vor allem ein Treueeid war – kein Vasalleneid mit unbedingter Heerfolgepflicht.“

Der Jurist lachte höhnisch auf. „Wie bitte? Stellst du gerade die Geschichtsschreibung des Königs infrage? Sicherlich nicht? Oder? Ich zitiere gern noch einmal: ‚Er begab sich durch den Handgang in Vasallenschaft.‘ Wenn der Eid Tassilos kein Vasalleneid gewesen ist, wie erklärst du dann, dass Tassilo in den vorhergehenden Feldzügen Pippins immer an seiner Seite war? Ich sage euch allen hier: Es *war* ein Vasalleneid. Und wer einen solchen bricht, der macht sich des ‚Harisliz‘ schuldig. Oder besitzt du irgendein vorzeigbares Dokument, Cancor, das deine unsichere Erinnerung an die Tage in Compiègne stützt? Irgendeinen Brief oder eine Aufzeichnung?“

Einhard spürte, dass Alkuin ihn mehrfach am Rock zupfte. „Ist er nicht ein Fuchs, unser Paulinus? Das bayerische Herrscherhaus hat sich bislang nämlich in keinster Weise darum geschert, dass seine turbulente Geschichte schriftlich festgehalten wird. Es hat – abgesehen von geschäftlichen Urkunden und Briefen – so gut wie keine Zeugnisse über die eigene Vergangenheit gesammelt. Nun, dieses garstige Versäumnis bricht Tassilo jetzt das Rückgrat. Es ist wirklich nicht schön, was Karl mit dem Bayern anstellt."

Alkuin schaute hoch, weil das Murmeln plötzlich verstummt war. Tassilo hatte sich erhoben. Seine Haltung war gerade, doch seine Stimme klang fahrig. Es sah aus wie ein letztes, verzweifeltes Aufbäumen.

„Mein König, ich habe Eurem Vater Pippin treu gedient. Immer. Auch in der Zeit, in der er gegen den aquitanischen Herzog Waifar auszog, weil er ihn für zu aufsässig hielt. Ja, ich habe mit Pippin sogar mehrfach gegen Waifar gekämpft, obwohl dieser mit Swanahild, einer bayerischen Prinzessin, verheiratet und damit ein alter Verbündeter unseres bayerischen Volkes war. Ich kämpfte treu an Pippins Seite, selbst dann, als ich miterleben musste, mit welcher Härte mein Herr Pippin gegen die unschuldigen Bauern und die Klöster Aquitaniens vorging … welche Spur des Schreckens er auf seinen Feldzügen hinterließ. Ich hielt zu ihm.

Und es stimmt: 763, als sich die Truppen in Nevers erneut für einen großen Angriff sammelten, bat ich Pippin, mich zu entschuldigen. Nicht etwa aus Feigheit, o nein, niemand kann einem Bayern Feigheit unterstellen! Ich hatte mir in diesem Frühjahr eine Krankheit zugezogen, durch die ich schwach und hinfällig geworden war. Mir ging es in jenen Tagen, als hätte das Fieber einen Nebel über meinen Geist gelegt. Ich war kaum noch ansprechbar. Also reiste ich, dem Tode nahe, zurück nach Regensburg. Elfhundert Kilometer weit.

Wie Ihr wisst, hat mich Pippin ein Jahr später in Worms dennoch angeklagt. Weil ich keine königliche Erlaubnis zum Verlassen des Heeres besessen hätte. Aber es kam zu keiner Verurteilung, geschweige denn zu einer Bestrafung. Deshalb bin ich so verwundert, dass dieses alte Thema heute, nach fünfundzwanzig Jahren, vorgebracht wird. Und ich frage mich erschüttert und verletzt, warum."

Paulinus breitete beide Arme aus. Triumphierend. „Aha! Habt ihr das gehört? Habt ihr das alle gehört? Für mich klang das gerade wie ein Geständnis. Ein erstklassiges Geständnis sogar. Ich halte fest: Tassilo, der Herzog von Bayern, hat das Heer seines Königs unerlaubt verlassen. Dafür gibt es nur ein Wort, nur einen Ausdruck: ‚Harisliz'!

Und dafür, Herzog Tassilo, dass dein Vergehen damals nicht geahndet wurde, kann ich dir gute Gründe nennen. Erst war der Winter des Jahres 763 so schwer und drückend, dass eine grausame Hungersnot im Frankenreich ausbrach. Danach legte König Pippin all seine Kraft in die Herausforderung, Aquitanien endgültig zu besiegen, bevor er sich in Ruhe den untreuen Bayern zuwenden wollte. Doch leider starb er 768, bevor er sein Vorhaben zu Ende bringen konnte.

Ich nehme an, du hattest gehofft, dass die Zeit dein Vergehen vergessen machen würde. Doch das tut sie nicht. Denn die Gerechtigkeit kennt kein Vergessen. Mögen noch so viele Zeugen bestätigen, dass du in Nevers krank warst … Du hattest keine königliche Erlaubnis, das Heer im Stich zu lassen.

Sagen wir doch, wie es ist: Du faselst hier von Fieber und einem Nebel, der deinen Geist getrübt haben soll. Warum? Doch nur, um von der entscheidenden Tatsache abzulenken, dass du … ein Verräter bist. Ein gemeiner und feiger Verräter. Deinen König hast du verraten, das Reich der Franken hast du verraten, dein Volk hast du verraten – und deine neuen Kontakte zu den Awaren sind nichts anderes als eine Fortführung deiner bisherigen Missetaten.

Und darum sage ich: Nicht der König als oberster Richter, der immer zur Milde und Gnade neigt, nein, die Reichsversammlung selbst soll entscheiden, wie dieser heimtückische, verachtenswerte Hochverrat des bayerischen Herzogs zu beurteilen ist.

Doch eines sollte jeder Mann hier im Raum bedenken, bevor er seine Stimme abgibt: Wer einen überführten Verräter unterstützt, wird selbst zum Verräter. So bedenkt weise, wie ihr entscheidet, edle Fürsten des Frankenreichs.

Ist Tassilo, der 763 den ‚Harisliz' beging und seinen vor Gott und der Welt gegebenen Eid schmählich brach, ein Verräter – ja oder nein?"

Einhard beugte sich zu Alkuin. „Welche Strafe steht denn auf ‚Harisliz'?"

Der Gelehrte sah ihn erstaunt an. „Die Todesstrafe, was denn sonst?"

7

In den folgenden zwei Tagen schien es, als hielte ganz Ingelheim den Atem an. Gebannt. Und zugleich voller Erwartung. Wann würde Karl wohl das „Jubemus“ sprechen, also die Entscheidung der Reichsversammlung als oberster Richter bestätigen und damit den Befehl zur Vollstreckung des Todesurteils geben? Wann? Und warum zögerte er so lange?

Auch im Skriptorium und an der Hofschule wurde über nichts anderes disputiert. Doch prallten dort die Meinungen der Gelehrten mehr als kontrovers aufeinander. Erhitzte Gelehrte bekämpften sich mit intellektuellen Argumenten, die ihre unterdrückten Empfindungen überdecken sollten. Denn während einige weiterhin überzeugt waren, der König habe durch seinen geschickten Schachzug einen lang andauernden und verheerenden Krieg zwischen Bayern und dem Frankenreich verhindert und damit viele Menschenleben gerettet, empörten sich die anderen über diesen abgekarteten Schauprozess, in dem ein hoch angesehener Fürst mit juristischen Winkelzügen zu Boden gezwungen worden war.

Vor allem Paulus Diaconus, der schwergewichtige Langobarde, verwies wutentbrannt darauf, dass ein derartiges Vorgehen zutiefst unchristlich sei und den Zorn Gottes dauerhaft auf das Frankenreich lenken werde. Man müsse sich als Hofschule schämen, dass man an einer solchen menschenverachtenden Intrige beteiligt sei. Angesichts derart beschämender Vorkommnisse sei es kein Wunder, dass der Spanier Beatus das Ende der Welt vorausgesagt habe. Jedermann könne an diesem krassen Fehlurteil sehen, wie sehr die Sitten und das Recht der fränkischen Machthaber zerrüttet seien. Und habe der Geistliche aus dem Süden, dieser weitsichtige Prophet, nicht gerade das Zusammenbrechen der weltlichen Ordnung als ein unleugbares Zeichen für den kommenden Untergang angekündigt? O ja, das habe er!

Einhard dagegen wusste überhaupt nicht mehr, was er denken sollte. In ihm wüteten die Gedanken und überfluteten sein Gemüt. Ein Orkan aus Idealen, Wünschen und Verwunderung. Ja, Recht und Unrecht flossen hier in Ingelheim unaufhaltsam ineinander und ließen sich nicht mehr fassen. Wer das Gute tun wollte, musste zugleich Böses tun. Oder nicht?

Ja?

Oder nein?

Immer wieder stieg die Erinnerung an das Kloster in Fulda in ihm hoch. Was würde wohl sein gewissenhafter Abt Baugulf zu alldem sagen, was in der Königspfalz vor sich ging? Wie hätte er geurteilt? War das Verhalten Karls noch geistlich zu nennen oder nicht?

Unglückseligerweise schien selbst die Heilige Schrift bei solch heiklen Themen nicht eindeutig zu sein. Einerseits hatte sich Jesus als Mann des Friedens gegen jede Form von Gewalt ausgesprochen. Und doch hatte der Sohn Gottes den Jerusalemer Tempel mit einer Peitsche wutentbrannt von den Händlern gereinigt, die den Vorhof des Heiligen als Marktplatz nutzten und an der Sehnsucht der Glaubenden üppig verdienen wollten.

Die entscheidende Frage lautete doch: Was würde den Frieden besser sichern: der Tod eines Fürsten oder der Tod Tausender von Soldaten? Oder anders ausgedrückt: War die hehre Vision Karls von einem großen, europaweiten Reich, das von gemeinsamen Werten, Idealen und geistlichen Fundamenten zusammengehalten wurde, so weitsichtig und kostbar, dass zu ihrer Umsetzung schmerzhafte Opfer gebracht werden durften? Ja vielleicht sogar gebracht werden mussten? Oder wurde diese Vision nicht schon durch ein einziges ungerechtes Todesurteil infrage gestellt? War nicht die Verurteilung Tassilos der Tropfen, der das Fass zum Überlaufen brachte? Wenn es aber tatsächlich so war, dass Veränderungen ihren Preis hatten, wer erhielt dann das Recht zugesprochen, die Opfer auszuwählen?

Inzwischen standen vor den Zimmern der bayerischen Herzogsfamilie längst Wachposten. Tag und Nacht. Niemand am Hof zweifelte mehr daran, dass Tassilos Angehörige ebenfalls als Gefangene angesehen wurden. Ein Zustand, der Einhard schwer belastete und ihm den Schlaf raubte.

Schließlich war er es gewesen, der Cotani nach Ingelheim gelockt hatte. Was, wenn er am Ende für ihren Tod verantwortlich wäre? Schuldig geworden durch einen sehnsuchtsvollen Bogen Pergament? Durch Worte, die trotz oder gerade wegen ihrer Zärtlichkeit zerstörerisch wirkten. Durch eine Kunst, die Gewalt in sich trug.

Einhard bewunderte nach wie vor Karls ehrgeizige Pläne für eine dauerhafte Befriedung des Reiches durch gemeinsame Werte und Ideale. Welch ein würdiges Ziel! Eine weitsichtige, Leben stiftende Vision. Wie hätte er als Lehrer irgendetwas dagegen haben können, dass dem Volk der Zugang zur Bildung gewährt werden sollte? Das war schon immer seine Hoffnung gewesen: eine Welt voller gebildeter Menschen, die ihre Begabungen entfalten durften. Eine Welt voller Möglichkeiten. Für alle. Doch gleichzeitig haderte der junge Lehrer mit der Tatsache, dass er als einfacher Schreiber der Capella in Vorgänge verwickelt wurde, die seinen Idealen zutiefst widersprachen. Er war in dieses unsägliche Komplott verstrickt worden. Heimtückisch. Und verstörend.

In der Abenddämmerung verließ Einhard das Skriptorium, in dem zurzeit ohnehin keiner konzentriert arbeiten konnte. Er lief den Weg hinunter zum Rhein und setzte sich in der Nähe seiner Linde ans Ufer. Erschöpft und beunruhigt. Und wieder verloren sich seine Blicke in den Fluten des Flusses. Wurden hineingezogen in die Weite.

Was für ein Anblick! Grau und samtig zog der Strom vorüber. Stetig und gelassen, als könne ihn nichts aus der Ruhe bringen. Sanft schimmernd in den letzten Strahlen der untergehenden Sonne. Als tanzten auf den Wellen kleine Lichter. Vergnügt und sorgenfrei.

Ohne lange darüber nachzudenken, streifte Einhard seinen Rock, seine Schuhe und die Beinlinge ab und lief ins Wasser. Hinein in dieses verheißungsvolle Leuchten. Hinein in die Gelassenheit.

Einen kurzen Moment zog die Kälte wie ein Schmerz durch seine erhitzten Beine, dann gewöhnte sich die Haut an die ungewohnte Temperatur, und Einhard tauchte ganz unter. Ließ sich mit der Strömung treiben. Wurde eins mit dem Fluss.

Schwerelos. Erleichtert. Aller quälender Zweifel entbunden.

Nicht mehr gegen etwas kämpfen müssen, sondern getragen werden.

Nicht mehr entscheiden müssen, sondern ankommen.

Unbeschwert. Unbelastet. Ungestört.

Zu Hause sein, wo eine zärtliche Stimme seinen Namen nannte, weil sie ihn kannte: „Einhard … Einhard."

Einhard brauchte einen Augenblick, um zu realisieren, dass ihn tatsächlich jemand rief. Verdutzt schwamm er in Richtung einer naheliegenden Sandbank, bis er Boden unter den Füßen fühlte. Er wollte sich gerade aufrichten, als ihm einfiel, dass er nichts mehr am Leib hatte. Also versuchte er, trotz der Strömung auf einer Stelle zu bleiben, ohne zu weit aus dem Wasser zu ragen.

Am Ufer stand eine schlanke, schwarzhaarige Frau und winkte ihm zu. Ihr langgezogener Schatten reichte bis zu dem Badenden, und die letzten Sonnenstrahlen umgaben ihre Silhouette mit einer hellen Corona. Sie sah aus wie eine Engelerscheinung auf alten Gemälden.

Einhard kniff die Augen zusammen und versuchte, die Gestalt im Gegenlicht zu erkennen. Eine Person, die ihm seltsam vertraut vorkam. Doch irgendetwas an ihr irritierte ihn. Die Frau trug das graue Gewand einer Dienerin, hatte aber das Kinn herrschaftlich erhoben, und ihre Augen blitzten.

„Komm her, ich muss mit dir reden!"

„Wer … wer bist du?"

Da lachte sie. Mit einem singenden, weichen Lachen, von dem alle Abgründe der Welt überwunden wurden. Und da erkannte er Cotani.

„Cotani? Was ist mit deinen Haaren und deinen Kleidern passiert?"

Cotani versuchte zu flüstern und gleichzeitig die Entfernung zu überbrücken. „Ich bin ja leider, wie du sicher weißt, eine Gefangene deines Königs. Darum habe ich mit meiner Kammerzofe Ruperta die Kleider getauscht und mir die Haare schwarz gefärbt. Mit der Asche aus dem Kamin. Das hat genügt, um die tumben Wachen zu täuschen und mich aus der Pfalz zu schleichen. Würdest du bitte aus dem Wasser kommen und mit mir reden. Es ist dringend. Ich habe nicht viel Zeit."

Einhard rief verzweifelt: „Ich bin nackt."

„Glaubst du ernsthaft, das stört mich? Wenn es um Leben und Tod geht, kann die Scham ruhig hintanstehen. Los jetzt! Ich habe keine Lust, hier so zu brüllen. Und ich möchte auf keinen Fall, dass uns jemand hört." Sie schaute ängstlich hinter sich die Böschung hinauf, doch es war nur das weite Schilf zu sehen.

Einhard schüttelte wild den Kopf. „Nein. Auf keinen Fall. Ich denke überhaupt nicht daran, vor dir aus dem Wasser zu steigen, wenn ich keine Kleider trage!“

Cotani lief aufgeregt auf den Steinen auf und ab. Dann seufzte sie: „Hör zu, ich bin die Tochter eines Herzogs und ich sage dir: Komm jetzt her!“

„Nein!“

„Ich befehle es!“

„Nein!“

Die Prinzessin warf unwillig ihren Kopf herum, sodass ihre Haare flogen. Dann schaute sie auf den Boden und sagte: „Mein Gott, ist der stur. Na gut … wenn der Prophet nicht zum Berg kommt …“

Einhard traute seinen Augen kaum. Denn die junge Frau beugte sich nach vorne und zog vor seinen Augen ihr grobes Gewand über den Kopf. Konzentriert und zügig. Dann stieg sie aus ihrem wollenen Unterkleid und legte es neben sich auf den Boden.

Wie in einem Schattenspiel sah der Badende für einen langen Atemzug im Gegenlicht ihren schmalen, nackten Körper im Sand stehen. Ein Bild wie im Traum. Betörend. Dann lief die junge Frau ebenfalls ins Wasser und kam direkt auf ihn zu.

„Du hast nichts an!“, stotterte Einhard, als ihr Kopf vor ihm auftauchte.

Cotani rollte mit den Augen. „Lass mich raten … An der Hofschule werden nur so intelligente Burschen wie du angenommen.“

Unsicher wich Einhard einen Schritt zurück. Er stotterte: „Was ist … wenn uns jemand hier … zusammen sieht? Gemeinsam … im Fluss?“

Die Prinzessin strich sich die Haare aus der Stirn. Wie funkelnde Perlen liefen ihr die Wassertropfen über das Gesicht.

Höhnisch sagte sie: „Ja, was soll dann sein? Was, bitte schön, soll dann sein? Der Ruf meiner Familie, ja aller Agilolfinger, ist ohnehin ruiniert. Mein Vater wartet auf die Vollstreckung seines Todesurteils. Und meine Mutter und meine Brüder sind wie ich Gefangene eines Herrschers, der unser Geschlecht endgültig vernichten möchte.

Da wäre so ein kleiner Skandal wegen unzüchtigen Verhaltens wirklich eine Katastrophe. Ich habe schon richtig Angst. Die keusche bayerische Jungfrau bei einer Wasserorgie ertappt ... mitten im Rhein ... grauenhaft."

Einhard starrte sie an. „Wie kannst du nur so sarkastisch sein?"

„Ganz einfach", zischte Cotani, „weil ich so verzweifelt bin." Dann fügte sie leise hinzu: „Und weil ich nicht möchte, dass mein Vater stirbt. Er ist kein Verräter ... glaub mir doch! Bitte."

Energisch versuchte Einhard, nicht andauernd an den Körper der verführerischen Prinzessin zu denken, der nur einen winzigen Schritt weit von ihm entfernt im Wasser stand.

„Dein Vater hat beim Feldzug Fahnenflucht begangen. Das hat er selbst zugegeben."

Cotani winkte ab. „Ach, hör doch auf. Er war krank. Damals, vor fünfundzwanzig Jahren. Und er hat König Pippin selbstverständlich um Erlaubnis gebeten, das Heer verlassen zu dürfen. Allerdings unter vier Augen. Und Pippin hatte später nichts Besseres zu tun, als diese Vereinbarung zu leugnen und ihm daraus einen Strick zu drehen. So konnte er unsere Sippe wieder unter Druck setzen." Sie lachte höhnisch auf. „Und dann, als Pippin tot war und Karl, der schon gekrönte König, gegen seinen ebenfalls gekrönten Bruder Karlmann um die Macht und die Vorherrschaft im Frankenreich kämpfte, was war da? Na? Da waren dem ehrenwerten Karl die Bayern als Bundesgenossen auf einmal gut genug.

Und nicht nur die Bayern. O nein, sogar die Langobarden, die erklärten Erzfeinde der Franken, umwarb Karl in jener Zeit, als wären sie schon immer seine besten Freunde gewesen. ‚Wir gehören doch zusammen! Vergessen sei alles, was jemals zwischen uns stand.'

Ja, Karl war sich nicht einmal zu schade, Desiderata, die Tochter des Langobardenkönigs Desiderius, zu heiraten, nur um die beiden Herrscherhäuser dauerhaft aneinanderzuketten und sich damit einen weiteren Verbündeten zu sichern. Tja, und weil er schon verheiratet war, verstieß er dafür kurzerhand seine erste Ehefrau Himiltrud, was ja wohl ein Unding ist ... und all das, weil er unbedingt diese politische Liaison wollte.

Nebenbei: Das war tatsächlich eine Strategie, die sich als meisterlich erwies, weil dadurch Karls Bruder Karlmann quasi eingekesselt war. Im Norden saßen nun die Bayern und Langobarden, im Westen und Süden die Anhänger Karls. Ach, wie sehr hat Karl in diesen Tagen die Bayern geliebt und hofiert. ‚Meine wunderbaren Gefährten. Es ist so schön, dass es euch gibt und dass ihr an meiner Seite gegen den bösen, bösen Karlmann kämpf. Wir sind Verbündete. Für alle Zeiten. Danke. Danke. Danke ...'

Bis ... tja, bis Karlmann überraschend starb und Karl als neuer Alleinherrscher die alten Freunde plötzlich nicht mehr brauchte. ‚Tja, das war's.' Wohlan, da verstieß der König von heute auf morgen seine langobardische Gattin wieder. ‚Lebe wohl, Desiderata! Du hast deine Schuldigkeit getan.'

Angeblich musste sie gehen, weil sie dem König keinen Nachwuchs geschenkt hatte. Aber Karl war doch nur eines, nämlich stinksauer, dass der Hof der Langobarden die Familie seines verstorbenen Bruders aufgenommen hatte. Na, ist ja auch egal. Jedenfalls hat sich Karl damals so mir nichts, dir nichts gegen seine ehemaligen Verbündeten gewandt – und auf einmal waren sie wieder seine Erzfeinde. Und nicht nur das: Er beschloss, sie mit all seiner Macht zu zerstören. Was ihm ja auch gelungen ist. 774 wurden die Langobarden vernichtend geschlagen – und letztes Jahr mein Vater. Aber selbst das reicht Karl nicht. Er will den Tod unserer Familie ... Einhard, es ist so widerwärtig ...“

Einhard hatte Cotanis langer Rede nicht richtig zugehört. Immer wieder tauchte seine Fantasie waghalsig in die Strömung ein und stellte sich die festen Rundungen des Mädchens vor – während er inbrünstig hoffte, dass seine Erregung nicht zu sehen war. Noch nie war er einer Frau so nahe gewesen. Und diese war zudem noch völlig entblößt. Wenn er nur die Hand ausstrecken würde ... nur einmal ganz kurz ... er könnte es wie ein Versehen wirken lassen ... eine unachtsame Bewegung ...

„Pass auf. Ich weiß, dass du diesen Brief an mich geschrieben hast.“

Schlagartig wurde Einhard wieder in die Realität zurückgerissen. Der Rhein. Cotani. Ihr Kopf vor ihm in den Wellen.

„Mein Bruder Theodo ist nicht so einfältig, wie er sich gerne gibt. Er hat Teile eurer verschwörerischen Beratungen mitbekommen. Nur fand er leider keine Möglichkeit mehr, uns zu warnen.“

Cotani näherte sich Einhard noch ein wenig, sodass er im trüben Wasser den Ansatz ihrer Brüste sehen konnte. Nein, eigentlich nur erahnen, doch für einen Moment meinte er, die zarten Rundungen wahrzunehmen. Mit aller Gewalt musste er seine Augen nach oben zwingen. Trotzdem war er sich sicher, dass sie seinen unbeherrschten Blick bemerkt hatte.

„Ich bin zu dir gekommen, weil ich weiß, dass es einige Männer an der Hofschule gibt, die das Verhalten Karls nicht gutheißen. Selbst Alkuin, der dem König treu ergeben ist und seinen Traum von einem mächtigen Frankenreich teilt, hadert in diesem Fall mit ihm. Und doch wagt es keiner, seinen Unmut offen anzusprechen."

Sie kam noch näher, sodass sie ihn fast berührte: „Und ich bitte dich ... nein, ich flehe dich an: Rede mit ihnen, rede mit Alkuin! Bitte, Einhard! Zu eurem Kreis gehören die klügsten Gelehrten und Lehrer des ganzen Reichs. Es muss einen Weg geben, meinen Vater zu retten. Ihr habt einen unfehlbaren Plan ersonnen, meine gesamte Familie gefangenzunehmen und zu entmachten. Jetzt ersinnt einen weiteren, der meinem Vater ... der einem Unschuldigen das Leben rettet. Ich weiß, dass ihr das könnt."

Cotani war jetzt so dicht vor ihm, dass Einhard den Luftzug ihrer Worte auf seiner nassen Haut spürte. Erschrocken sagte er: „Wie stellst du dir das vor? Ich bin nur ein kleiner Mitarbeiter des Skriptoriums ..."

„So ein Unsinn." Die Prinzessin sah ihm direkt in die Augen. „Jeder weiß, dass Alkuin einen Narren an dir gefressen hat. Er lobt dich in den höchsten Tönen und preist überall deine ungewöhnliche Klugheit. Er wird auf dich hören. Da bin ich gewiss."

Einhard wich ein Stück zurück, sodass er fast den Boden unter den Füßen verlor. „Warum ... warum redest du nicht selbst mit Alkuin? Er spricht auch von dir voller Hochachtung."

Cotani folgte ihm nach. „Das kann ich dir sagen: Weil ich zur anderen Seite gehöre. Verstehst du: zu den Bösen. Wenn ich ihn ermahne, verstärke ich nur sein Unrechtsgefühl, sein schlechtes Gewissen. Es muss jemand aus seinem Gefolge sein, der ihn aufweckt. Jemand, dem er vertraut. Und jemand, der ihn, den Kleriker, als Mitglied einer Klostergemeinschaft auch darauf hinweisen kann, dass es nicht dem Geist Jesu entspricht, Rache zu üben."

Einhard suchte mit den Zehen nach Halt. Jetzt spürte er auch wieder, wie kalt das Wasser war. Und mit der Kälte wich aller Mut aus ihm. Von sich selbst enttäuscht, sagte er: „Cotani, ich weiß nicht, wie ich das schaffen soll. Ich kann das nicht. Es tut mir leid."

Einen Moment lang hörten die beiden nur das Rauschen des Windes. Die Sonne war schon hinter den Bergen versunken und der Rhein schimmerte dunkel. Die Uferlinie verblasste, als würde sie vorsichtig ausradiert.

Plötzlich spürte Einhard, dass Cotani unter der Wasseroberfläche seine Finger ergriff. Er zuckte zusammen. Sanft, unendlich sanft sagte sie: „Du sollst es nicht umsonst tun. Ja, ich bin bereit … dich dafür zu bezahlen. Mit dem Einzigen … was ich noch zu geben habe."

Sie zog seine Hand langsam zu sich zu sich heran und legte sie auf ihre Brust. „Noch nie hat mich ein Mann hier berührt."

Im kühlen Wasser spürte Einhard Cotanis kleine, feste Brustwarze, während seine Fingerkuppen zärtlich über ihre Haut strichen. Nur für einen flüchtigen Moment, dann zog er die Hand zurück, als habe er ins Feuer gegriffen.

„Was?"

Die Prinzessin biss sich auf die Unterlippe und schaute vor sich ins Wasser. „Ich meine das ernst. Wenn mein Vater durch deine Hilfe nicht hingerichtet wird, werde ich mich dir hingeben …"

Einhard spürte, dass seine Zehen im schlammigen Grund versanken. Er drohte von der Strömung mitgerissen zu werden. Instinktiv wollte er sich an Cotani festhalten, doch die stieß sich selbst vom Boden ab und zog ihn mit sich ins tiefere Wasser.

„Wir können gleich wieder an Land gehen. Lass uns nur einen Moment mit dem Strom dahintreiben, ja?"

Sie breitete die Arme aus, sodass ihr Körper ruhig im Wasser lag – und hielt dabei Einhards Hand fest. Langsam und stetig nahm der Rhein sie mit sich. Wie ein großes, weiches Bett.

Einhard öffnete die Augen und sah die ersten Sterne über sich blitzen. Doch das Zentrum seines Empfindens lag jetzt ganz in der kleinen Frauenhand, die in der seinen ruhte, als fände sie darin Frieden. So trieben sie mit den Wellen ein Stück Richtung Bingen.

Minutenlang. Äonen lang. Oder eine ganze Ewigkeit ... Wer konnte das schon sagen?

Irgendwann begann Cotani doch zu schwimmen, bis sie wieder Grund fühlte. Sie hob den Kopf, stieß einen lauten, hemmungslosen Schrei aus und raunte dann weich: „Sollte Karl mich ebenfalls töten wollen, dann bin ich wenigstens eine Nacht glücklich gewesen. So, und jetzt lauf bitte am Ufer zurück und hol unsere Kleider ... Ja, das meine ich ernst. Keine Sorge, es ist inzwischen stockdunkel. Ich kann dich auf keinen Fall sehen."

Einhard konnte es dennoch nicht lassen, seine Hände schützend vor sich zu halten, als er an Land stieg. Dann rannte er im Dunkeln am Ufersaum zurück bis zu der Stelle an der ihre Kleider lagen. Er zog sich selbst an und kehrte mit Cotanis Gewand zurück.

Als er an die Stelle kam, an der er die bayerische Prinzessin verlassen hatte, war erst niemand zu sehen. Dann aber schlangen sich plötzlich zwei Arme um ihn, drehten ihn um und ihr Mund drückte sich unbeholfen auf seinen. Nur ganz kurz. Für den Hauch einer Berührung.

„Danke!"

Einhard wollte lieber gar nicht erst fragen, wofür sie sich bedankte. Vor allem, weil ihre Nacktheit ihn aufs Neue aufwühlte.

Als Cotani ebenfalls in ihre Kleider geschlüpft war, sagte sie mit rauer Stimme: „Geh bitte zum Treidelpfad und such Staub. Viel Staub. Ich muss meine roten Haare wieder dunkel färben. Wenigstens etwas. Ich habe dem Wachposten zwar erzählt, ich sei als Dienerin auf dem Weg zu meinem Verlobten, einem der bayerischen Soldaten aus Regensburg, aber wenn ich Pech habe, schaut er trotzdem im Fackelschein noch einmal genauer hin. Holst du mir bitte etwas?“

Nach wenigen Augenblicken war der junge Lehrer zurück. Beide Hände voller Dreck. Erst weigerte sich etwas in ihm, der Tochter des Herzogs den Staub auf den Kopf zu schütten. Doch sie ermunterte ihn: „Na los, mach schon. Oder möchtest du, dass ich bei meiner Rückkehr enttarnt werde?“

Später, als Einhard schlaflos in seiner Kammer lag, fragte er sich, ob seine Hände jemals etwas Schöneres gemacht hatten als an jenem Abend. Zärtlich hatte er den Sand und die Erde in Cotanis Haare einmassiert, während diese vor ihm kniete. Er hatte die feuchten Strähnen durch seine schmutzigen Handflächen laufen lassen und dabei der Prinzessin mit seinen Fingerspitzen Liebeserklärungen gemacht. Ohne ein Wort. Und doch unfassbar vielsagend. Hingebungsvoll.

Verwegen hatte er ihr Ohr gestreichelt und ihr immer wieder mit den Handrücken über die Wangen gestrichen. Seine Berührungen waren nur angedeutet gewesen. Und doch hatte sich jede wie ein waghalsiges Abenteuer angefühlt. Ein ganzer Roman voller Empfindungen.

Irgendwann hatte Cotani dann seine Hände festgehalten. Behutsam … und länger, als es nötig gewesen wäre. Dann war sie aufgestanden. „Ich denke, das ist genug für heute Abend. Ich werde zu meinem Wort stehen. Und jetzt geh.“

Da war er gegangen. Ohne dass er hinterher hätte sagen können, wie er zurück in die Pfalz gelangt war. Denn sein Kopf und sein Herz waren so voll.

Er hatte einen Auftrag zu erfüllen.

8

Jesus, Sohn Davids,
erbarme dich meiner.
Erleuchte du meine Augen,
dass ich den Weg zu dir finde.
Mach du meine Schritte fest,
dass ich nicht vom Weg abkomme.
Öffne du meinen Mund,
dass ich von dir spreche.
Du willst, dass ich meine Mitmenschen liebe.
Lass mich ihnen dienen,
dass sie ihr Heil finden
und in deine Freude
und deine Herrlichkeit gelangen."

Alkuin schaute Einhard erwartungsvoll an. „Na, was sagst du? Nicht schlecht, oder? Meinst du, ich soll es heute Abend direkt dem König vortragen? Nun, warum nicht? Ich schätze, nach dem dritten Gang wäre ein angemessener Zeitpunkt. Also: nach dem saftigen Rehbraten. Dann ist Karl meistens gut gelaunt und lässt sich gern ein paar poetische, geistliche Worte sagen."

Einhard bemühte sich, begeistert auszusehen. „Meister, das ist … ja, das ist ein besonders gelungenes Gedicht. Äußerst feinfühlige Worte. Dicht und bewegend. Ich gratuliere dir, weil es wieder einmal deine Sprachgewalt und dein literarisches Feingefühl beweist. Es gibt da allerdings etwas sehr …"

„Ja, findest du wirklich?" Alkuin sah hocherfreut aus. „Weißt du, ich habe vergangene Woche noch etwas anderes geschrieben, das ich dir auch gerne vorstellen möchte. Also, hör gut zu!"

Er stellte sich breitbeinig vor Einhard hin und begann mit geschwellter Brust und sonorer Baritonstimme zu rezitieren:

„Preisen soll dich der Mensch,
den freigebigen Schöpfer
mit dem friedvollen Herzen
und dem liebenden Geist,
weil er kein geringer Teil
dieser Welt ist.
Der Mensch allein trägt
dein hehres Bild in sich,
du heiliger Schöpfer,
wenn er mit lauterem Gemüt
und fromm vor dir wandelt.
Gott, unser Licht,
lass unsere Herzen und unsere Lippen
mit deinem Lob gefüllt sein,
damit wir dich immer
und überall lieben,
du Ewiger.“

Einhard nickte. „Gut. Sehr gut sogar, Meister Alkuin. Vielleicht solltest du Gott nicht unbedingt zweimal Schöpfer nennen. Ich meine ‚freigebiger Schöpfer‘ und ‚heiliger Schöpfer‘ ist doch irgendwie eine Dopplung. Aber ansonsten …“

„Stimmt. Das ist mir gar nicht aufgefallen.“ Der Leiter der Hofschule schaute an die Wand, als gingen sofort einige alternative Formulierungen durch seinen Kopf. „Danke, das war ein wertvoller Hinweis. Ich werde gleich in meine Zelle gehen und eine neue Version aufschreiben …“

„Meister! Ich habe ein Anliegen.“

„Ach, Einhard, hat das nicht Zeit bis nachher? Wenn die

Muse ruft, dann muss man ihrer Stimme folgen. Und mir ist gerade eine vielversprechende und sehr klangvolle neue Zeile eingefallen, die …“

Einhard stützte sich auf das Pult. „Nein, Meister, es hat keine Zeit. Leider. Es kann bald schon zu spät sein. Denn was ist, wenn der König nachher bei der nächsten Sitzung der Reichsversammlung das ‚Jubemus‘ verkündet? Dann ist Tassilo tot.“

Alkuin stockte in seiner Bewegung. Schlagartig. Er schaute Einhard lange an und murmelte: „Ja … das war wirklich keine Glanzleistung von uns …“

Einhard unterbrach ihn. „Das sehe ich genauso. Und du hast eben in deinem Gedicht selbst gesagt: ‚Gott will, dass ich meine Mitmenschen liebe, dass ich ihnen diene und sie ihr Heil finden.‘ Da frage ich mich, ob es nicht unsere Pflicht als Christen ist, dem Verurteilten beizustehen.“

Der Leiter der Hofschule trat ans Fenster und schaute in den Hof. Erschöpft meinte er: „Einhard, du kennst Karl nicht. Jedenfalls noch nicht so, wie ich ihn kenne. Du hast keine Vorstellung von dem, was in der Politik vor sich geht.

Damals, als sein Bruder Karlmann überraschend mit zwanzig Jahren starb, hat der König dessen Familie unbarmherzig verfolgt. Ja, ich habe bis heute den Verdacht, dass er die Langobarden vor allem deshalb angegriffen hat, weil sie Gerberga, der Gattin Karlmanns, und ihren Kindern Unterschlupf gewährt haben. Karl hat seine Schwägerin eiskalt gejagt, dabei Pavia vernichtet, die Flüchtigen dann nach seinem Sieg in Verona gestellt und alle in ein abgelegenes Kloster verbannt. Lebenslänglich. Damit niemals wieder ein Spross dieser Familie einen Anspruch auf den Thron erheben kann. Letztlich wird mit Tassilo und seiner Familie genau das Gleiche geschehen. Ich glaube nicht, dass wir etwas tun können, um den König davon abzuhalten.“

Er zögerte kurz, dann fuhr er fort: „Außerdem bin ich Karls engster Berater. Wenn der König erfährt, dass ich hinter seinem Rücken gegen ihn agiere, wird er mich, ohne mit der Wimper zu zucken, vernichten. Und glaube mir: Dann sieht es für das Frankenreich noch viel düsterer aus. Solange ich Einfluss habe, kann ich das Verhalten des Königs zumindest ein wenig mäßigen. Ja, ich agiere quasi als sein steter Mahner. Aber wenn ich diese bedeutende Position verlieren sollte … tja, dann gnade uns Gott."

Einhard trat von hinten an den Gelehrten heran und flüsterte: „Und doch müssen wir eines Tages unser Leben vor Gott verantworten. Alkuin, du bist so ein weiser Ordensmann. Mit etwas Geschick kannst du Karl gewiss davon überzeugen, dass er Tassilo begnadigt. Ich weiß es."

Alkuin drehte sich ruckartig herum. Und jetzt glitzerten seine Augen. „Überzeugen? Nein, das gewiss nicht. Aber vielleicht … überlisten. Du hast recht. Es muss etwas geschehen. Warte. Was … können … wir … tun? Nun: Zuerst einmal müssen wir Zeit gewinnen." Er begann in dem kleinen Raum auf und ab zu laufen. „Zeit. Zeit. Drei Tage würden wohl genügen. Wo bekommen wir drei Tage her? Gott, jetzt brauchen wir deinen guten Rat!"

Von der Tür kam eine dunkle Stimme. „Wie wäre es mit einem ‚Iudicium Dei'?" Ängstlich schauten Einhard und Alkuin zum Eingang, in dem Paulus Diaconus stand. „Wenn ihr schon Hochverrat betreibt, solltet ihr wenigstens die Tür sorgfältig schließen."

Er trat zu den beiden und lächelte verschmitzt. „Nun, was haltet ihr von meiner großartigen Idee?"

Alkuin atmete erleichtert auf. „Hast du mich erschreckt! Na, kein Wunder, dass ein Langobarde wie du es nicht lassen kann, seinem alten Verbündeten aus Bayern beizustehen. Und jetzt lass mal schauen: ein ‚Iudicium Dei' … Was denkst du darüber, Einhard?"

Der Lehrer zupfte sein Gewand zurecht. „Ein Gottesurteil? Tja, warum eigentlich nicht … nach altem Recht gilt die Unschuld eines Beklagten als erwiesen, wenn er mit göttlicher Hilfe eine Probe besteht. Also wenn Gott ihm durch seinen Beistand Recht schafft. Karl versteht sich schließlich als Hüter des christlichen Glaubens, als Bewahrer der Kirche … Darum wird er eine solche Probe nicht ablehnen. Ganz gewiss nicht. Wie könnte er sich über das Urteil Gottes stellen? Ja, das klingt überzeugend!"

Er schaute die beiden Gelehrten fragend an. „Aber welche Probe sollen wir nehmen?"

Paulus holte ein Stück Pergament aus seinem Rock. „Ich habe noch einmal in den Quellen nachgeschaut. Also: In den Überlieferungen wird meist die ‚Feuerprobe' angewandt. Das heißt: Der Proband streckt seine Gliedmaßen eine Zeit lang in ein loderndes Feuer oder läuft über glühende Pflugscharen. Alternativ gibt es auch den ‚Kesselfang'. Dabei muss der Angeklagte seine Hände in kochendes Wasser, Öl oder Blei tauchen. Und wenn die dabei entstehenden Wunden nicht brandig werden, sondern schnell abheilen, gilt der Geprüfte als unschuldig."

Alkuin schüttelte sich. „Hör auf … ich möchte mir das überhaupt nicht vorstellen. Vor allem bleibt Tassilo hinterher elendig verstümmelt. Sonst noch Vorschläge?"

„Ja, es gibt das sogenannte ‚Iudicium Aquea', auch ‚Kaltwasserprobe' genannt. Der Angeklagte wird gefesselt ins Wasser geworfen – und wenn er nicht untergeht, heißt das, dass das reine Wasser ihn nicht aufnehmen möchte und er schuldig ist."

„Ach", lachte Einhard auf. „Und wenn er untergeht, dann ist er zwar rehabilitiert, aber ertrunken."

Paulinus verzog das Gesicht zu einer Grimasse. „So ungefähr. Ach ja, und dann gibt es noch diverse Speiseprüfungen. Einem Angeklagten wird Gift eingeflößt – und wenn er daran nicht verendet, ist er frei. Das scheidet auch aus. Es sei denn, wir könnten das Gift irgendwie manipulieren. Ach, hier habe ich noch etwas: In manchen Regionen wird diese Prüfung angeblich mit einem großen Stück Käse gemacht: Derjenige, dem der riesige Bissen nicht im Hals stecken bleibt, gilt als entlastet."

Einhard schaute die beiden Lehrer entsetzt an. „Das ist doch nicht euer Ernst. Wie sollen uns diese unmenschlichen Prüfungen weiterhelfen?"

Alkuin legte beruhigend seine Hand auf die Schulter seines Gehilfen. „Sei unbesorgt. Wir haben nur Spaß gemacht. Entscheidend bei allen Gottesurteilen ist, dass ihnen eine dreitägige Fastenzeit vorausgeht, in denen der Proband intensiv mit Gott sprechen soll, bevor dann in einem feierlichen Gottesdienst um die himmlische Offenbarung von Schuld oder Unschuld gebetet wird. Und diese drei Tage helfen uns, einen hoffentlich besseren Plan zu entwickeln."

Er wandte sich an seinen Kollegen: „Eine gute Idee, Paulus. Ich werde gleich einen Termin für ein geistliches Gespräch mit Tassilo erbitten und ihm dabei von unserem Vorhaben berichten. Und du Einhard, überlegst bitte schon einmal, wen wir zur Kreuzprobe schicken …"

„Zu was?"

Alkuin stand schon in der Tür. „Na, zur Kreuzprobe. Das ist nämlich das Gottesurteil, das ich Tassilo ans Herz legen werde. Na, es freut mich, dass ihr in Fulda doch nicht alles wisst. Pass auf: Das Friedlichste aller ‚Iudicia Dei' besteht darin, dass beide Parteien zu einem Wettstreit antreten. Der Kläger und der Angeklagte stellen sich bei der sogenannten Kreuzprobe mit weit ausgebreiteten Armen vor ein Kreuz. Und derjenige, der zuerst die Arme sinken lässt, hat verloren – und damit unrecht. Beziehungsweise: Seine Schuld ist erwiesen.

Allerdings: Da nicht Karl, sondern die Reichsversammlung als Ganze das Urteil gesprochen hat, steht es dem König frei, jeden beliebigen … Kraftmeier aus der Leibgarde für die Anklage antreten zu lassen. Das macht das Ganze etwas komplizierter. Aber auch Tassilo dürfte, wenn ich das Recht richtig im Kopf habe, jemanden aus seinem Gefolge oder gar einen Freiwilligen als Vertreter schicken.

Ich denke, wir sollten uns auf jeden Fall auf eine Kreuzprobe vorbereiten, damit wir wenigstens antreten können, falls uns in den drei Tagen nichts Besseres einfällt."

Pfeifend lief Alkuin hinaus. Ganz in Gedanken versunken.

In der kleinen Pfalzkapelle, die einen eigentümlichen, fast orientalisch anmutenden Grundriss mit drei gleich großen Apsiden hatte, brannte nur wenig Licht. Matt flackerten vier Kerzen vor sich hin, sodass man von außen kaum wahrnahm, dass sich jemand im Inneren aufhielt. Aber das war Einhard nur recht. Sein Herz pochte. Wieder einmal.

Nacheinander trafen die Männer ein, nachdem sie mit dem vereinbarten Zeichen an das Kirchenportal geklopft hatten. Dreimal kurz. Einmal lang. Zweimal kurz.

Tatata …

Der junge Lehrer bat die erregt miteinander tuschelnden Anwesenden um Ruhe. „Willkommen. Ich danke euch für euer Erscheinen. Zuallererst: Sollte, während wir hier sind, ein königlicher Beamter auftauchen, der wissen möchte, was wir hier treiben, dann gilt, was wir auch den Wachposten gesagt haben: Wir feiern für Tassilo eine Bußmesse. Verstanden? Tassilo möchte seine Fastenzeit nutzen, um mit Gott ins Reine zu kommen. Darum hat er gebeten, zu dieser späten Stunde noch in die Kapelle zu dürfen. Ist das klar?“

Alle nickten feierlich.

Dann stellte der Lehrer die Männer einander vor: „Tassilo, den Herzog von Bayern, kennt ihr sicherlich. Und wahrscheinlich seid ihr auch seinem Sohn Theodo schon einmal in Ingelheim begegnet. Daneben steht Tassilos zweiter Sohn Theodebert. Und hier sind drei seiner bewährtesten Leibwächter: Lothar, Zwentibold und Konrad.“

Die drei Kämpfer senkten kurz den Kopf zum Gruß und streckten dann ihre Nacken durch.

„Dort drüben stehen Rather und Gerhard, zwei Missi, denen ich vertraue. Und die beiden haben ihrerseits Friaul mitgebracht, einen Knecht, der als einer der kräftigsten Männer in Karls Gefolgschaft gilt.“ Einhard deutete auf einen stämmigen Blondschopf, dessen nackte Arme mit üppigen Muskeln bestückt waren.

Tassilo hob beide Hände und sagte erbost in die Runde: „All das hier ist eine Farce. Das wisst ihr so gut wie ich. Ich wurde entehrt, obwohl ich nichts verbrochen habe. Und das nur, weil Karl es nicht erträgt, dass ein anderer Herrscher genauso erfolgreich regiert wie er. Ich bin ein guter Christenmensch, der …“

Theodo wagte es als Einziger, dem Herzog Einhalt zu gebieten. Liebevoll sagte er: „Das stimmt. Aber darum geht es hier überhaupt nicht, Vater. Du bist zum Tode verurteilt. Und wir alle sind zusammengekommen, um dein Leben zu retten. Denn eines dürfen wir nicht vergessen: Ohne die Unterstützung Einhards, des Schreibers, wärest du jetzt wahrscheinlich schon tot. Nebenbei: Dafür danke ich dir, Einhard – und entschuldige mich zugleich dafür, dass ich dich bislang als Widersacher gesehen habe. Das war nicht recht. Beinahe hätte ich dich weggeschickt, den Mann, der … der uns jetzt eine wertvolle Gnadenfrist verschafft hat."

Er wandte sich wieder an Tassilo: „Dein Hass auf Karl kann alles zerstören, Vater. Darum bändige deinen Zorn. Wir müssen jetzt klug und besonnen sein."

Grummelnd winkte der bayerische Fürst ab und trat zurück in die Reihe.

Einhard ließ seinen Blick über die ernsten Gesichter der Männer schweifen. „Ihr wisst, worum es heute geht. Keiner von uns hat bislang an einer Kreuzprobe teilgenommen, darum wollen wir entscheiden, ob Tassilo im Zweifelsfall selbst antritt oder ob wir jemand anderen zu diesem Gottesurteil schicken. Falls es nötig werden sollte."

Rather lachte plötzlich auf. „Du bist mir einer, Einhard. Es ist doch erst ein paar Wochen her, dass du aus deinem beschaulichen Fulda hierher nach Ingelheim gekommen bist, und nun gehörst du zu einer Gruppe, die versucht, eine missliebige Entscheidung der Reichsversammlung aufzuheben. Unfassbar!" Er strich sich durch den Bart. „Nebenbei: Es ist zwar ziemlich unwahrscheinlich, dass Karl ausgerechnet mich als Kandidaten auswählt, aber ich würde auch gerne mitmachen. Schon deshalb, um Gerhard mal zu zeigen, wer von uns beiden der bessere Mann ist." Er stieß seinen Kollegen übermütig in die Seite.

Einhard stimmte zu.

Es stellte sich heraus, dass alle Anwesenden an dem Testlauf teilnehmen wollten. Sowohl die Söhne Tassilos als auch seine Soldaten waren bereit, für den Herzog beim Gottesurteil anzutreten, falls Tassilos Kraft sich als unzureichend erweisen sollte.

Dagegen verstanden sich die Missi mit Friaul an diesem Abend als Vertreter des Königs. Sie waren somit die potenziellen Herausforderer.

Einhard klatschte kurz in die Hände. „Hört her, ich erkläre noch einmal die Regeln. Jeder Mann stellt sich vor das Kreuz Christi und breitet die Arme aus. Derjenige, der sie als Letzter sinken lässt, ist der Sieger."

Gerhard löste sich als Erster aus der Gruppe und näherte sich dem Altar. Doch noch bevor er an dem groben Sandstein angekommen war, räusperte er sich. „Einhard, das ist ja alles schön und gut. Aber was hat unsere Probe mit einem echten Gottesurteil zu tun? Hinter diesem ‚Iudicium Dei' steht doch der Gedanke, dass Gott dem Probanden die rechte Kraft verleiht, sodass er dadurch seine Unschuld beweisen kann. Oder eben nicht. Und das heißt: Was wir heute Nacht tun, beweist eigentlich nur, wer von uns der stärkste Kerl ist. Sonst nichts. Oder?"

Einhard schaute auf und überlegte einen Augenblick. Dann sagte er: „Im Prinzip hast du recht. Andererseits wissen wir, dass David mit seiner Schleuder auch schon geübt hatte, bevor er auf den Riesen Goliath traf. In der Heiligen Schrift wird deutlich erwähnt, dass er damit exzellent kämpfen konnte. Genauso verwandelte Jesus die Gabe des Petrus, nämlich das Fischen, in eine heilige Gabe, das Menschenfischen. Ich glaube: Gott handelt meist durch das, was uns schon gegeben ist. Er heiligt unsere Stärken. Warum sollten wir da nicht einen starken Mann zum Gottesurteil schicken? Außerdem kann Gott jedem, auch einem anerkannten Stellvertreter des Angeklagten, im rechten Moment durch seinen Geist helfen, über sich hinauszuwachsen. Dann ist es doch keine Sünde, dem himmlischen Schöpfer der Muskeln dabei ein wenig entgegenzukommen.

Dazu kommt", er deutete auf das Reliquiar, „dass wir hier den Mantel des heiligen Martin bei uns haben. Wer weiß, ob das unserem Vorhaben nicht heute schon eine himmlische Komponente verleiht ... So, und jetzt sollten wir anfangen."

Es war ein skurriler Anblick, als wenig später neun Männer im Altarraum oder in einer der etwa vier Meter breiten Apsiden standen und ihre Arme weit von sich streckten. Gekreuzigte ohne Kreuz. Eine eigentümliche Sammlung von Skulpturen. Eine im Tanz erstarrte Formation.

Einhard lief durch die konzentrierten Probanden hindurch wie durch einen verwunschenen Wald und sprach ihnen Mut zu. Bei einigen dauerte es gar nicht lange, bis ihr Atem erkennbar schwer wurde und ihre Arme anfingen zu zittern.

„Verflixt noch mal! Durchhalten!" Einige Männer begannen schon zu fluchen, um sich selbst anzutreiben. Je mehr Zeit verstrich, desto derber klangen die Sprüche. Andere dagegen beteten laut und zunehmend verzweifelt: „Gib mir Kraft, Herr. Bitte. Bitte!"

Dazwischen gab es aber auch Phasen, in denen es ganz ruhig wurde. Dann hörte man nur noch ein animalisches Keuchen und Stöhnen. Die Gesichter der Kandidaten hatten die Farbe eines erdigen Rotweins angenommen.

Minute um Minute verstrich.

Und noch eine.

Und noch eine.

Und noch eine.

Den Männern schien es, als gerate die Zeit ins Stocken und werde immer langsamer. Zumindest die Sekunden wurden länger und länger – und schmerzhafter. Gelegentlich warf einer der Probanden den Kopf nach hinten, um für einen Moment die grausame Anspannung in den Armen zu vergessen.

Theodebert, der jüngere Sohn Tassilos, war der Erste, der seine Hände mit einem Schrei der Enttäuschung sinken lassen musste, weil er einfach keine Kraft mehr hatte. Wütend trat er gegen die Wand der Kapelle, bevor er sich völlig ermattet zu Boden gleiten ließ.

„Gebt mir ein scharfes Schwert und ich haue euch 30 Sachsen zusammen. Aber verschont mich mit dieser Kreuzprobe!"

Wenig später sackten Zwentibold und Konrad entkräftet zu Boden. Erschöpft lagen ihre Körper auf den kalten Steinen. Anschließend mussten Gerhard und Friaul aufgeben. Vor allem der stämmige Knecht starrte ungläubig auf seine muskulösen Arme, die nicht mehr bereit waren, seinem Willen zu gehorchen.

Rather dagegen bemühte sich, sein vor Anspannung verzerrtes Gesicht zu einem Grinsen zu bewegen. Schnaufend sagte er: „Na, da … siehst du's … Gerhard … ich hab … gewonnen … ich bin stärker … das kostet dich viele Humpen … Bier."

Tassilos Antlitz hatte sich bereits in eine groteske Fratze verwandelt, als könne er mit den Gesichtsmuskeln die Arme oben halten, während sein Nacken unschön gekrümmt war. Sein eiserner Wille schien ihm unbändige Kräfte zu verleihen. Kurz darauf ließ aber auch er die Arme sinken. Keuchend stützte er sich auf den Altar. Mit leerem Blick und zugleich voller Angst.

Nun standen nur noch Rather, Lothar und Theodo in der Kleeblatt-Apsis der Pfalzkapelle – und es war unübersehbar, wie sie litten. Das Zittern in ihren Armen hatte den ganzen Körper ergriffen und der Schweiß lief ihnen in Strömen am Hals herunter.

Wieder verstrichen einige Minuten. Oder waren es nur Sekunden?

Plötzlich senkte Lothar prustend die Arme. Schreiend rannte er durch die Kapelle und schleuderte seinen Körper wild umher. Offenbar versuchte er verzweifelt, einen Krampf abzuschütteln.

Nur noch zwei Männer vor dem Altar. Theodo und Rather. In Theodos Augen brannte der Hass. Sein Mund stand offen, und das Kinn vibrierte. Man sah: Er stritt mit Gott und der

Welt um jeden Moment. Um jeden Atemzug. Mit zusammengekniffenen Augen und knirschenden Zähnen. Er würde nicht klein beigeben. Niemals.

Nie … mals …

Dann wurde er ohnmächtig. Einhard konnte gerade noch hinzuspringen und verhindern, dass der Kopf des Prinzen auf den Boden aufschlug.

Ein ungläubiges Lachen erfüllte die Kapelle. Rather, der nicht mehr artikuliert sprechen konnte, presste glucksende Laute hervor, die wohl so etwas wie Triumph andeuten sollten. Er warf die angespannten Arme nach vorne und ließ sich von Gerhard auffangen. Speichel hing in seinen Mundwinkeln und lief an seinem Kinn herunter.

Geschlagen lehnten sich die Probanden an die Wände der Kapelle.

„Und? Was sagt uns das jetzt?" Tassilo atmete noch immer schwer.

Einhard hob den Kopf: „Nun! Dass dein Sohn Theodo dein bester Mann ist. Doch wäre ein echtes Gottesurteil so ausgegangen wie unser Test, dann wäre jetzt deine Schuld bewiesen. Denn Rather sollte ja stellvertretend für Karl antreten."

Der Herzog verzog das Gesicht: „Unsinn. Wäre dies der Ernstfall gewesen, hätten wir gesiegt."

Leise entgegnete Einhard: „Das mag sein, doch wenn es um Leben und Tod geht, würde ich mich auf diese Hoffnung nicht verlassen wollen."

Nach und nach verschwanden die Männer im Dunkel der Nacht. Taumelnd. Ermattet. An Leib und Seele.

9

Am nächsten Morgen stand Einhard schon früh an seinem wuchtigen hölzernen Pult im Skriptorium und schrieb einen Lehrtext Alkuins ins Reine. Lustlos und ohne innere Anteilnahme reihte er einen Buchstaben an den nächsten, während vor dem schmalen Fenster ein dünner Wolkenschleier die Sonne grau einfärbte.

Irgendwo in der Ferne krächzte eine Krähe.

Alkuin hatte nach dem gestrigen Abend alle Schreiber früh in die Capella befohlen, damit niemand im Hofstaat Verdacht schöpfte. Ja, es sollte so aussehen, als nähme in der Schreibstube alles seinen gewohnten Gang: Pergamente wurden zugeschnitten und bearbeitet, Federn gespitzt, kunstvolle Initialen gemalt und Kopien erstellt.

Während sein Kiel mit einem leisen Kratzen über die Unterlage glitt, stellte Einhard überrascht fest, dass ihm die von Karl gewünschte und von Angilram von Metz eingebrachte Minuskelschrift inzwischen ganz leicht von der Hand ging. Und man konnte sie wirklich einfacher entziffern.

> Wir wünschen, dass Leseschulen für Knaben entstehen mögen. Außerdem sollt ihr in den Klöstern und an den Bischofssitzen die Psalmen, die Gesänge, die Grammatik, die Schrift und die Bücher sorgfältig verbessern. Denn es passiert allzu häufig, dass diejenigen, die Gott in guter Absicht um etwas bitten, dies schlecht tun, weil ihre Manuskripte so fehlerhaft sind. Darum: Lasst eure Knaben beim Lesen und Schreiben den Text nicht verderben. Wenn ein Evangelium, der Psalter oder ein

Messbuch geschrieben werden muss, dann sollen dies Erwachsene mit aller Achtsamkeit tun.

Die Arbeit an der „Admonitio generalis", dem großen Reformschreiben zur Entwicklung eines einheitlichen Bildungskanons im Frankenreich, kam trotz der vielen amtlichen Dokumente, die während der Reichsversammlung erstellt werden mussten, gut voran. Was auch daran lag, dass die höfischen Gelehrten an vielen Stellen auf die Formulierungen vorhandener Sendschreiben zurückgriffen und sie nur neu zusammenfügten. Etwa auf die geistlichen Anweisungen, die Papst Hadrian bereits im Jahr 774 gegeben hatte, oder auf weitreichende Dekrete aus der Sammlung des Dionysius Exiguus.

Karl erhoffte sich, durch sein neues Kapitular ein umfangreiches Reformprogramm anzustoßen, bei dem einerseits ein europaweit geltendes Kirchenrecht verabschiedet und andererseits die Christianisierung der oft noch heidnisch geprägten Volksstämme vorangebracht werden konnte.

Letzteres war vor allem mit der Pflege der Ausbildung in kirchlichen Institutionen verbunden. Denn wo konnte der wahre Glaube besser vermittelt werden als im Unterricht? In der kontinuierlichen Auseinandersetzung mit dem Wort Gottes? Gelingen würde das aber nur, wenn die Texte, die zur Vermittlung des Christentums eingesetzt wurden, nicht mehr vor Fehlern strotzen würden, wie sie es bislang taten.

„Ts, ts, ts. Was soll denn das werden?" Alkuin schaute über Einhards Schulter und deutete auf ein sperriges Wort, bei dem der jugendliche Schreiber in alter Gewohnheit eine Ligatur angefügt hatte. „Na, bist du vielleicht nicht ganz bei der Sache?"

Einhard schaute den Gelehrten mit den abgründigen, grünen Augen irritiert an. Zischend entgegnete er: „Natürlich nicht. Die Hälfte unserer gewonnenen Zeit ist schon verronnen, und wir haben noch nicht einmal den Ansatz eins Planes, um Tassilos Leben zu retten. Wie könnte ich mich da … was weiß ich … auf die Frage konzentrieren, ob Geistliche ein Wirtshaus zum Zechen betreten dürfen oder nicht – oder ob ein Priester, der seine Schüler nicht recht unterrichtet, geschlagen werden darf?"

Alkuin flüsterte: „Stimmt, wir haben noch keinen Plan. Aber auch andere sind eifrig dabei, sich etwas zur Befreiung des Herzogs einfallen zu lassen."

Irritiert legte Einhard seine Feder zur Seite. „Ja, wer denn?"

Der Leiter der Hofschule beugte sich noch weiter zu ihm und presste fast unhörbar hervor: „Die Herzogin Liutberga, Tassilos Frau, bittet dich, zu ihr zu kommen."

„Was? Mich?"

Neckisch hob Alkuin die Schultern. „Tja, mir scheint, dass du ihrer Tochter Cotani gefällst." Sein Blick war amüsiert. „Jedenfalls hat sie mir vorhin die Nachricht überbringen lassen, dass die Herzogin dich gerne zur Abfassung ihres Letzten Willens sehen möchte. Am liebsten heute noch."

Einhard nahm mechanisch ein unbeschriebenes Pergament aus seinem Pult. „Und wie, bitte schön, soll uns das weiterhelfen?"

Alkuin zögerte einen Augenblick, dann antwortet er laut, ja fast schon unangenehm laut: „Die Bauern, Einhard, wir müssen die Bauern für unseren Plan gewinnen."

„Was?"

„Ja, wenn wir das Konzept der Dreifelderwirtschaft einmal im Frankenreich ausprobieren wollen, brauchen wir dazu Freiwillige, die uns ihre Äcker zur Verfügung stellen."

„Meister, wovon redest du?"

Noch energischer begann der Kleriker zu rezitieren: „Ich habe dir doch erzählt, dass ein kluger Klosterverwalter aus Aquitanien vorgeschlagen hat, in Zukunft die Felder nicht mehr, wie bislang, im jährlichen Wechsel zu bebauen und dabei jeweils die Hälfte zur Regeneration brachliegen zu lassen, sondern das Ackerland zukünftig in drei Felder einzuteilen. Eines zum Anbau von Sommerfrucht wie Hafer, Gerste, Gemüse oder Ölfrüchten, und eines zum Anbau von Winterfrucht wie Weizen, Dinkel oder Roggen. Derweil wird auf dem brachliegenden dritten Teil das Vieh geweidet, damit es durch seinen Mist das Feld für das darauffolgende Jahr düngt, in dem dann die jeweilige Nutzung rotiert. Mir scheint das ein sehr vernünftiger Gedanke zu sein.

Vor allem: Dieser gewitzte Mann behauptet, dass man dadurch den Ertrag des Bodens um dreißig, ja möglicherweise um bis zu fünfzig Prozent steigern könnte. Stell dir das vor: Fünfzig Prozent mehr Ernte – nur dadurch, dass man die Felder besser nutzt. Ich finde das großartig. Und wir sollten jetzt schnell Ackerleute suchen, die bereit sind, dieses Konzept auch in unserer Region auszuprobieren."

Fassungslos starrte Einhard Alkuin an. „Bitte?"

Doch der hatte sich inzwischen aufgerichtet, trat dem jungen Lehrer kräftig gegen das Schienbein und sagte dann in den Raum: „Nun, Angilram, was hältst du von dieser Idee mit den drei Feldern. Du hast ja, glaube ich, gerade mitbekommen, was ich meinem etwas begriffsstutzigen Assistenten erklärt habe. Wie würdest du vorgehen?"

Da erst begriff Einhard, dass der Leiter der Capella wohl schon vor einigen Minuten das Skriptorium betreten hatte und damit den spontanen Themenwechsel Alkuins erzwungen hatte. Kein schlechtes Ablenkungsmanöver, dachte er.

„Einhard, hörst du mir überhaupt zu?" Alkuin hatte ihn am Arm gepackt. „Pass auf, ich werde die Sache mit der Dreifelderwirtschaft am besten mit Angilram weiterdiskutieren, und du kümmerst dich bitte, wie vorhin besprochen … um … äh … um das kostbare Manuskript von Ovid, das in meiner Zelle liegt. Ich möchte nicht, dass es Schaden nimmt. Geh bitte gleich hin.“

Er entließ den Schreiber mit einem lässigen Schwung seiner Fingerkuppen.

Als Einhard das prunkvoll eingerichtete Gemach der Herzogin betrat, fing Cotani an zu strahlen. Sie breitete an ihrem Platz vor dem Fenster unauffällig die Arme aus und legte den Kopf nach hinten. Mit einem verklärten Lächeln und mit gänzlich entspannten Gesichtszügen.

Einhard verstand sofort, was die junge Frau ihm sagen wollte. „So sahen wir beide aus, als wir gemeinsam nackt den Rhein hinuntergetrieben sind.“ Ein wohliger Schauer lief ihm über den Rücken.

Auf der Bettstatt lag die Herzogin Liutberga und winkte den Ankömmling zu sich. Man sah, dass sie geweint hatte. Mit warmer Stimme sagte sie: „Einhard, glaubst du, dass bei einem Gottesurteil wirklich der Wille Gottes erkennbar wird? Rein und unverfälscht? Also: Wird Gott als kluger Vater der Gerechtigkeit zum Sieg verhelfen? Oder kann es geschehen, dass mein Mann unschuldig ist und trotzdem der Kandidat der Reichsversammlung bei einer Kreuzprobe länger die Arme oben behält? Ich meine: Kann ich mich auf Gottes Eingreifen verlassen?“

Einhard stellte sich ans Fußende des Lagers und schaute die Langobardin an, während sein Blick immer wieder zu Cotani schweifen wollte. Unsicher erwiderte er: „Ich weiß es nicht, Herzogin. Leider. Ich habe darüber seit gestern selbst viel nachgedacht. Und immer wieder kam mir in den Sinn, dass wir Gott nicht versuchen sollen. Denn das, was wir Gottesurteil nennen, ist doch letztlich nichts anderes als unser Wunsch, über Gottes Weisung zu verfügen.“

„Dann ist Tassilo verloren.“ Sie krallte sich mit beiden Händen an ihrer Decke fest.

Jetzt richtete Liutberga sich leicht auf. „Cotani, geh bitte hinaus. Obwohl … was soll's … Nein, bleib hier. Wenn der Tod vor der Tür steht, müssen Scham und Anstand weichen. Du sollst ruhig hören, in welche höllischen Abgründe das verderbliche Vorgehen des fränkischen Königs unsere Familie stürzt.

Höre, Einhard. Es gibt viele Erklärungen, warum Karl und mein Mann sich hassen. Doch die naheliegende wird meist nicht genannt. Als Karl, der sich ja inzwischen voller Überheblichkeit auch ‚König der Langobarden‘ nennt, 769 an den Hof meines Vaters kam, um bei unserem Volk um Beistand für den Kampf gegen seinen Bruder Karlmann zu werben, da verfiel er mir. Zumindest äußerte er das Brennen seines Herzens immer wieder. Und … nun … mir sagte er auch zu. So ein willensstarker Mann. Ein Kämpfer voller Ideale und Pläne.

Doch mein Vater Desiderius wollte dem aufstrebenden Franken gerne vor Augen führen, dass er am altehrwürdigen Hof der Langobarden nur ein einfacher Bittsteller war. Einer, der nichts fordern konnte, sondern froh sein durfte, dass man ihm überhaupt etwas gab. Darum behandelte er den König von oben herab. Und das hat ihm Karl nie verziehen.

Das deutlichste Zeichen des Machtgehabes meines Vaters war, dass er Karl meine Hand verweigerte, obwohl Karls Mutter Bertrada ihn persönlich um unsere Verbindung gebeten hatte. Stattdessen gab er dem Franken meine kleine Schwester Desiderata zur Frau und sorgte dafür, dass Tassilo und ich heiraten, dass also die Verbindung zwischen Bayern und Langobarden demonstrativ gestärkt wurde.“

Ein bitterer Zug verhärtete ihren Mund. „Da stehen sich die beiden Herrscher der bedeutendsten Reiche Europas gegenüber – und dabei, so scheint es mir, geht es am Ende doch nur … um Eifersucht, wie zu allen Zeiten. Um gekränkte Eitelkeit. Karl wollte mich und bekam mich nicht. Also gönnt er auch Tassilo sein Glück nicht."

Sie senkte den Blick auf ihre Hände und fuhr stockend fort: „Nun sage mir … und ich bitte dich, ganz ehrlich zu sein … und Cotani … glaube mir … es ist die schiere Not, die mich zu solch grässlichen Gedanken treibt … zu derart unwürdigen Ränken …"

Sie sprach jetzt so leise, dass ihre Sätze kaum noch zu verstehen waren. „Wenn ich zu Karl ginge … des Nachts … und mich ihm hingäbe – und damit die Sehnsucht stillte, die ihn seit mehr als zwanzig Jahren nicht zur Ruhe kommen lässt –, würde ich dann meine ewige Seligkeit bei Gott aufs Spiel setzen?"

Cotani versuchte einen Schrei des Entsetzens zu unterdrücken.

Einhard aber durchfuhr es: Sieh an! Wie die Tochter, so die Mutter.

„Du denkst, dass es ihn besänftigen würde, wenn er bekommt, was er will?"

Liutberga lachte klanglos: „Darum geht es bei Karl immer. Um nichts anderes. Darum, dass er bekommt, was er will. Und wenn man es ihm nicht freiwillig gibt, dann holt er es sich. Ganz gleich, wer dafür bezahlen muss."

Ohne es verhindern zu können, stellte Einhard sich den Körper Liutbergas vor, die sicherlich ein wenig fülliger als Cotani war, deren Formen aber unter der dünnen Sommerdecke verlockend aussahen und einen Mann noch immer betören konnten.

„Warum bestellt er dich dann nicht einfach in sein Schlafgemach? Wenn du überzeugt bist, dass das sein Begehr ist? Meinst du nicht, dass er das könnte? Er ist der König."

„Natürlich könnte er das!" Liutberga stützte sich auf ihre Ellenbogen. „Aber das würde er nie tun. Weil es eines gibt, das ihm noch viel heiliger ist als seine Gelüste, nämlich sein Ruf. Deshalb ist Karl ein Meister darin, den schönen Schein zu wahren. Schließlich könnte er vor der Öffentlichkeit nur schwer verbergen, wenn er mich zu sich befehlen würde. Und seine Gattin Fastrada würde zudem für einen deftigen Skandal sorgen."

Ihre Blicke loderten. „Wobei der König nicht allein um sein Ansehen fürchtet. Nein, es geht um viel mehr ... um die Weltgeschichte. Verstehst du: Karl möchte gern der Retter des Abendlandes sein. Der Messias einer neuen Zeit. Und ich glaube ihm sogar, dass er das ernst meint. Dass er das Beste für das Reich der Franken will. Er ist kein schlechter Mensch."

Sie wurde ein wenig rot. „Sonst hätte ich mich damals gewiss nicht in ihn verliebt. Und deshalb ordnet der König seinem Traum von einer neuen, christlichen Weltordnung alles andere unter. Er fühlt sich von Gott zum Heilsbringer berufen ... zum Erneuerer von Kirche und Staat. Und wer weiß: Vielleicht ist er es ja wahrhaftig. Nur verliert er dabei immer öfter das Maß. Alles, was seinem heiligen Traum dient, ist für ihn göttlichen Ursprungs, also gut. Und alles, was diesem Traum im Weg steht, gilt ihm als Angriff der Hölle, ist also böse.

Mit dieser Sicht kann Karl sogar das Abschlachten von über viertausend wehrlosen Sachsen an der Aller vor sich selbst rechtfertigen. Diese sturen Heiden widersetzten sich ja seiner göttlichen Vision. Sie wollten die wahre Religion, das Christentum, nicht annehmen.

Du kannst mir glauben: Karl achtet sehr genau darauf, dass er nichts tut, was diesen Traum von einem christlichen Europa gefährdet. Dazu ist er viel zu zielstrebig ..."

Einhard hob mit einem Mal die Hand und gebot der Herzogin unmissverständlich zu schweigen. Sie zog verwundert die Augenbrauen zusammen und überlegte, ob sie diesen Schreiber ob seiner Dreistigkeit zur Ordnung rufen sollte, doch ein Blick auf Einhards angestrengtes Gesicht hielt sie davon ab.

Der Lehrer biss sich auf den Daumen. Dann sagte er nachdenklich: „Also … Karl möchte der Retter der Welt sein … und würde nie etwas tun, was seinen Plan zur Rettung der Welt in Gefahr bringt … Habe ich dich da richtig verstanden?"

Liutberga nickte.

Einhard begann an den kostbaren Reisekisten entlangzulaufen, die an der Wand standen und auf denen einige wertvolle Kleider lagen. Mit feiner Stickerei und mit Borten, die mit hellen Steinen veredelt waren. Ein Meer aus Stoffen.

„Nun, wenn es sich so verhält, dann müssen wir dafür sorgen, dass Karl den Eindruck bekommt, der Tod Tassilos könnte seinen Traum zerstören."

Cotani stellte sich neben ihn. „Und wie soll das gehen? Karl hat doch die Verantwortung für das Todesurteil an die Reichsversammlung übertragen. Er glaubt, er wasche seine Hände in Unschuld und müsse als oberster Richter den Willen der Adeligen nur nominell bestätigen …"

Einhard kniff die Augen zusammen. „Wir müssen größer denken … viel größer … versteht ihr, was ich meine … wir müssen an Karls Frömmigkeit appellieren, an seine christliche Gesinnung. So, dass er fürchten muss, er könne den Beistand Gottes verlieren. Denn letztlich fühlt er sich ja als oberster Richter nur Gott verantwortlich. Er muss Angst um den Segen haben …"

Die Prinzessin breitete enttäuscht die Arme aus, sodass sich die weiten Ärmel ihres roten Kleides im Luftzug aufbauschten. „Das wird nie geschehen. Karl wurde vom Papst als König persönlich gesegnet und eingesetzt – und er wurde von ihm zum ‚Defensor Ecclesiae', also zum Verteidiger der Kirche, ernannt. Und den ‚Stuhl Petri', den der König ja damals durch seinen

Sieg über die Langobarden ebenfalls von einem Feind befreit hat, werden wir auch nicht so schnell auf unsere Seite bekommen. Falls du daran gedacht haben solltest, spontan nach Rom zu reisen.

Außerdem war es Papst Stephan, der damals gesagt haben soll, die Langobarden seien ein Stamm, der in der Zahl der Völker keineswegs zähle und aus dessen Sippschaft sicherlich das Geschlecht der Aussätzigen hervorgegangen sei. Nein, Karl und die Kurie sind sich in ihrer Heilsgewissheit viel zu ähnlich. Und ich bin mir ganz sicher, dass wir Karl nicht dazu bringen werden, seine Erwählung anzuzweifeln. Da müsste … ja, da müsste schon die Welt untergehen."

Mit weit aufgerissenen Augen schaute Einhard Cotani an. Sprachlos. Dann fing er an zu lachen. Ausgelassen und fröhlich. Er nahm die Hand der Prinzessin und küsste sie.

Cotani und Liutberga schauten ihn verwundert an. Doch Einhard fing übermütig an, sich mit der jungen Frau im Kreis zu drehen. Als er wieder zu Atem gekommen war, hielt er sie immer noch fest.

„Cotani, du bist wunderbar. Also, ich meine: Deine Idee ist wunderbar. Das ist es. So werden wir deinen Vater retten."

Ein wenig unwirsch entzog sie ihm ihre Hand. „Ich habe keine Ahnung, wovon du eigentlich redest. Könntest du bitte etwas deutlicher werden?"

Einhard trat an das Bett der Herzogin. „Die Sache ist ganz einfach. Cotani, du hast doch eben vom Untergang der Welt gesprochen. Nun, ich werde Karl weismachen, dass die Welt untergeht, wenn er Tassilo tötet. Dass die Apokalypse kommt. Das wird ihm gewiss nicht gefallen. Denn dann wären ja alle seine Bemühungen für das Reich der Franken umsonst gewesen."

Liutberga starrte ihn an wie einen Geisteskranken. „Wie

meinst du das? Redest du von diesem spanischen Mönch Beatus von Liébana und seinen Prophezeiungen vom Weltuntergang?"

Die Hände des Lehrers zitterten vor Erregung: „Genau … genau von dem rede ich! Und ich werde dafür sorgen, dass spätestens morgen Mittag ein Brief von Beatus von Liébana hier in Ingelheim eintrifft. Ein mahnender … ein ergreifender Brief, der einige gänzlich neue Erkenntnisse des gebildeten Forschers bezüglich des Weltuntergangs beschreibt …"

Immer noch zweifelnd, fragte Cotani: „Wo willst du denn diesen Brief so schnell herbekommen?"

Einhard hielt seine mit Tinte befleckten Fingerspitzen hoch. „Ach, ich bin ein Schreiber im Skriptorium und habe schon mehrere Texte des Spaniers bearbeitet. Ich kenne seinen Stil … und ich werde diese neue Botschaft … nun, sagen wir … abschreiben."

Er biss sich vor lauter Konzentration auf den Daumennagel. Schließlich sagte er: „Damit mein Plan gelingt, wird es allerdings tatsächlich nötig sein, dass jemand sich des Nachts zu Karl begibt und ihm verführerisch anbietet, das Lager mit ihm zu teilen. Doch, so Gott will, wird es nicht dazu kommen. Und ihr werdet auch gleich verstehen, warum das nicht du, die Herzogin, sein kannst, sondern warum Cotani zu ihm gehen muss."

Einhard gab sich alle Mühe, der Herzogin und der Prinzessin die Einzelheiten seines Plans in allen Facetten zu erklären. Noch immer voller banger Vorbehalte, aber mit zunehmender Begeisterung stimmten die beiden schließlich zu, das Risiko auf sich zu nehmen. Um Tassilos willen. Und um der Gerechtigkeit willen.

Drei Stunden später stand Einhard im schmalen Lichtschein einer Kerze an seinem Pult im Scriptorium und beendete die letzte Zeile des Briefes.

Gleich darauf ließ er durch einen Knecht die Missi Rather und Gerhard holen, weihte sie in seinen Plan ein und bat sie, in das Stift St. Alban vor Mainz zu reiten. Am nächsten Morgen sollten sie zurückzukehren … mit einem eiligen Pergament, das sie dort angeblich von einem ermatteten, spanischen Boten bekommen hatten. Mit einem Pergament für den König …

10

Karl schaute den unbekannten neuen Gehilfen des Mundschenks unwirsch an. Was erlaubte der junge Mann sich? Andauernd schenkte er Wein nach. Kaum hatte der Herrscher am Kelch genippt, tauchte schon wieder der tönerne Krug neben seinem Kopf auf. War wohl ein bisschen übereifrig, der junge Geselle. Zudem hatte er ganz schmutzige Finger. Als wäre Tinte darübergelaufen. Unverzeihlich.

Andererseits: Warum sollte er als König diesen stimmungsvollen Abend nicht mit einigen wohltuenden, befreienden Schlucken genießen? Schließlich hatte der Kämmerer die Aula Regia direkt im Anschluss an die letzte Sitzung nach allen Regeln der Kunst in einen prächtigen Festsaal verwandelt. Mit bunten Fahnen, wohlriechenden Blumen und vielen äußerst appetitlichen Mägden.

An den langen, mit Köstlichkeiten bedeckten Tafeln saßen die herausragenden Fürsten des Reiches – die fränkischen Markgrafen, die Äbte, die Bischöfe und die Gaugrafen – und ließen es sich munden … nachdem sie den ganzen Nachmittag angestrengt über die neuartige Häresie des Elipand von Toledo und des Felix von La Seo de Urgel diskutiert hatten.

Die beiden iberischen Theologen behaupteten ernsthaft, Jesus sei doch nicht wahrer Mensch und wahrer Gott zugleich gewesen. Nein, die menschliche Natur des Heilands sei von Gott nicht gezeugt, sondern vielmehr adoptiert worden. Schließlich sei das Göttliche offenkundig gar nicht in der Lage, menschlich zu werden oder gar zu sündigen. Und das bedeute: Man müsse die substanzielle Verschiedenheit der beiden Naturen in das Bekenntnis aufnehmen.

Wie bitte? Jesus als Adoptivsohn Gottes? So ein Schwachsinn! Wenn Gott nicht in seiner göttlichen *und* seiner menschlichen Gestalt am Kreuz gestorben war, dann gab es auch keine Erlösung, dann gab es kein Heil und keine Errettung von den irdischen Sünden. Ja, dann wäre das gesamte Christentum vergebliche Liebesmühe.

Eigentlich hätte es Karl gleichgültig sein können, was da irgendein uralter spanischer Metropolit an den südlichen Grenzen des Frankenreiches sich zusammenreimte – gäbe es nicht drängende Stimmen, die nachdrücklich warnten, ein falscher Glaube könne den Zorn Gottes hervorrufen. Und zwar über ganz Europa, ja über die ganze Erde. Und noch darüber hinaus …

Einige Mahner erklärten sogar, die verheerenden Niederlagen, die Karl 778 in Spanien gegen die Muslime erlitten hatte, seien ein erster Warnschuss des allmächtigen Schöpfers des Himmels und der Erde gewesen. Darüber hinaus war der Franke im letzten Herbst in Süditalien kläglich gescheitert, hatte eine militärische Schlappe sondergleichen erlebt und wollte nun besonders achtsam sein.

Karl erschien es daher vordringlich, dass unter seiner Herrschaft der wahre Glaube gefördert wurde. Aus diesem Grund legte er auch so großen Wert auf die Klärung theologischer Unsicherheiten. Nur ein reiner Glaube verdiente das Wohlwollen des Himmels. Und dieses Wohlwollen wollte er sich um jeden Preis bewahren.

Da war der Bursche mit dem Weinkrug schon wieder. Wollte der ihn betrunken machen?

An der linken Seite stand ein knorriger Mönch und las, wie Karl es liebte, während des Essens aus den „Confessiones“ des Kirchenvaters Augustinus. Mit hoher Stimme zitierte er:

Ich frage dich, Gott, den Einzigen, der die Überheblichkeit nicht kennt, weil du keinen Herren über dir hast, ob die Versuchung der Überheblichkeit wohl von mir gewichen ist – und ob sie jemals weichen wird. Dieser Wunsch, von den Menschen geliebt und geachtet zu werden, nur weil es dem Gemüt schmeichelt. Dabei ist es ein erbärmliches Leben, wenn man sich selbst groß machen muss. Vor allem ist es ein Zeichen, dass man dich nicht liebt und dich nicht achtet. Darum heißt es ja auch ‹Den Hochmütigen widerstehst du, den Demütigen schenkst du deine Gnade› und ‹lässt deinen Donner grollen über die Hochmütigkeit dieser Welt›.

Mit einer Kopfbewegung brachte der König den Vorleser zum Schweigen. Ihm war nach diesem anstrengenden Tag wahrlich nicht nach spirituellen Ermahnungen zumute. Eher schon nach heiterer Unterhaltung. Deshalb gab er dem Seneschall ein kurzes Zeichen, woraufhin dieser die vor der Tür wartenden Künstler aufforderte, hereinzukommen.

Als Erstes ließ ein ungepflegter, halb blinder Mann seinen dressierten Affen einige possierliche Kunststücke vorführen: Purzelbäume, Sprünge, Überschläge, Hopser und Grimassen. Keck klaute das haarige Tier einem der Bischöfe den Becher und goss sich den Wein zähnefletschend über den Kopf. Schadenfrohes Prusten in der Runde. Dann kletterte der Affe behände an einem stattlichen Leuchter hoch und blies, oben angekommen, die Flamme aus. Begeisterter Applaus. Karl nickte, woraufhin der Seneschall dem Dompteur einige Münzen zuwarf.

Anschließend trat eine Gruppe zotteliger Musikanten mit Pauke, Horn, Fidel und Zither auf. Sie spielten einige Tänze und sangen dazu – schräg, aber hingebungsvoll, und mit vielen eindeutig zweideutigen Anspielungen darüber, was eine Magd und ein Ritter nach einem ausgelassenen Fest so alles miteinander anstellen könnten.

Während die Künstler noch ihre Instrumente wegräumten, jonglierte bereits ein pockennarbiger Gaukler zwischen den Tafeln mit drei halbmondförmigen Messern, deren Klingen immer wieder haarscharf an seinen Händen vorbeizischten. Dabei erzählte er hanebüchene Geschichten von angeblichen Kriegserlebnissen in Aquitanien, die für brüllendes Gelächter in der Königshalle sorgten. Vor allem, weil er immer wieder einen äußerst einfältigen Kameraden erwähnte, den er nur den „fränkischen Kerl in meinem Regiment" nannte. Doch er nuschelte absichtlich so stark, dass man statt „Kerl" genauso gut auch „Karl" verstehen konnte: „Kaerl." Da aber der König über die frechen Anspielungen selbst am meisten lachte, amüsierte sich auch der Hofstaat.

Als der gewitzte Troubadour ebenfalls einige Münzen erhalten und sich mit einer Verbeugung zurückgezogen hatte, erhob sich Theodulf von Orléans und bat um Ruhe. „Mein König. Da wir alle gewiss sind, dass der trottelige ‚Kaerl' von eben mit euch nichts, aber auch gar nichts gemein hat … erlaube ich mir, nun eine ganz ernsthafte Würdigung Eurer Majestät darzubringen."

Er trat aus der Reihe und stellt sich vor die Stufen der Apsis. Mit kräftiger, rauer Stimme sang er:

Von deinem Lob, o König,
hallt der Erdkreis wieder.
Glücklich ist der,
der deinem Angesicht
ganz nah sein kann,
das klarer ist als lauteres Gold.

Glücklich ist der,
der dich sehen darf:
das herrliche Haupt, das Kinn,
den mächtigen Nacken,
die goldgeschmückten Hände,
vor denen die Armut weicht,
die Brust, die Schenkel, die Füße,
alles ist schön und herrlich an dir.
Glücklich ist der,
der sie hören darf:
deine klugen Reden,
in denen du alles übertriffst.
Denn deine Weisheit
kennt keine Grenzen.
Sie ist breiter als der Nil,
größer als die eisbedeckte Donau,
mächtiger als der Euphrat
und nicht geringer als der Ganges.
Glücklich ist der,
dessen Herrscher du bist:
Du beschützt das Eigentum,
rächst die Verbrechen,
und verteilst die Ehren.
Darum wird Gott
auch dich glücklich machen,
großer König Karl.

Den letzten Ton, die letzte Silbe ließ Theodulf lange ausklingen. Sie erfüllte den weitläufigen Saal, als dringe sie nicht nur in den Stein, sondern auch in die Herzen ein. Ja, sie hallte noch nach, als der Dichter die Lippen längst wieder geschlossen hatte.

Bevor Karl den Becher heben konnte, um mit den jubelnden

Anwesenden auf das poetische Meisterwerk und seinen gefeierten Hofdichter Theodulf anzustoßen, schlich sich Einhard noch einmal – als Gehilfe getarnt – mit seinem Krug neben den König, der sich erhoben hatte, und füllte das Gefäß auf. Bis zum Rand.

Hoffentlich genügte die Alkoholmenge, um Cotani vor dem Schlimmsten zu bewahren.

Irgendwann gegen Mitternacht zog sich der König – gut gelaunt und leicht schwankend – in seine Gemächer zurück. Es war ein durch und durch unterhaltsamer Abend gewesen.

Einen kurzen Augenblick überlegte Karl, ob er nicht seiner Gattin Fastrada einen Besuch abstatten sollte. Aber leider war die Königin von derartigen Überraschungen nicht sehr angetan. Vor allem in letzter Zeit. Zudem fühlte sie sich, wie er wusste, momentan unpässlich und hatte sich deshalb schon früh zur Ruhe begeben.

Was für ein Jammer.

Vor Karls Schlafzimmer stand eine vermummte Gestalt. Unwillkürlich griff die Hand des Königs zum Schwert. Schließlich hatte er seiner Leibwache an diesem Abend erlaubt, mit den übrigen Soldaten zu feiern. Doch die dunkle Gestalt fiel vor ihm auf die Knie.

„Erbarmt Euch, mein König. Habt Mitleid. Eine Unwürdige bittet um Eure Gnade“, hörte er eine flehende Stimme.

Vorsichtig näherte sich Karl der Gestalt und zog ihr mit weit ausgestrecktem Arm die Kapuze vom Kopf. Rotes Haar ergoss sich wie ein Wasserfall über seine Hände. Cotani! Selbst im Halbdunkel des Fackellichts erkannte der König die Tochter des bayerischen Herzogs Tassilo.

„Wie bist du hierhergekommen? Sollte vor deiner Tür nicht eine Wache stehen?“

Cotani sah den weiten Gang hinunter. „Können wir das nicht an einem ungestörteren Ort besprechen?"

Unwillkürlich verlor sich der Blick des Königs im Ausschnitt der vor ihm knienden Prinzessin. Wortlos nahm er sie am Ellenbogen und zog sie mit sich in den Raum, der nur von einem gewaltigen Bett dominiert wurde.

Erstaunt beobachtete Karl, dass die bayerische Herzogstochter von sich aus auf dem Lager Platz nahm und ihn erwartungsvoll ansah. Sie setzte sich einfach hin … in seiner Gegenwart!

„Was wünschst du?"

Keusch legte Cotani die Hände im Schoss zusammen. Dann sagte sie: „Karl, ich weiß, dass Ihr wichtige Entscheidungen gerne in der Tiefe der Nacht trefft. Deshalb wage ich es, Euch zu dieser späten Stunde aufzusuchen. Der Wache vor meiner Kammer habe ich ein Goldstück gegeben und ihr geschworen, dass ich das Gelände der Pfalz nicht verlassen und unter keinen Umständen fliehen werde. Deshalb zürnt diesem Mann nicht. Denn mein … Begehren … ist heiliger Natur. Nicht für mich bitte ich, sondern für meinen Vater.

Mein König, behaltet den Schatz unserer Familie. Nehmt uns alle Ehren und alle Macht, aber tötet Tassilo nicht. Habt Erbarmen! Ich flehe Euch an! Vergießt nicht das Blut eines Unschuldigen. Denn selbst wenn Tassilo vor fünfundzwanzig Jahren das Heer Pippins unrechtmäßig verlassen haben sollte, so tat er es kaum in der Absicht, euren Vater im Stich zu lassen. Das widerspräche seinem Ehrbegriff zutiefst.

Und unterschlagt bitte nicht, dass Ihr heute ohne Tassilo möglicherweise gar nicht König aller Franken wärt. Immerhin wollte Euer Bruder Karlmann von Anfang an die Königswürde für sich allein. Und er tat alles, um Euch zu schaden. Karlmann war es, der Euch die Unterstützung versagte, als Ihr – frisch gekrönt – zahlreiche Kriege gegen aufständische Herrscher führen musstet. Ist es vielleicht dieser Erinnerung an Euren verräterischen Bruder geschuldet, dass Euch der ‚Harisliz' bis heute so ein Gräuel ist? Wenn ja, dann bitte ich Euch umso dringender: Verurteilt keinen Unschuldigen."

Sie schaute ihn mit weit geöffneten Augen an. „Ich meine: War es damals nicht ein Affront sondergleichen, dass Karlmann seinen Erstgeborenen Pippin nannte, wie Euren Vater? Und das, obwohl Ihr selbst Euren Erstgeborenen kurz zuvor Pippin genannt hattet. Als gönnte Euch Euer Bruder diesen ehrenvollen Namen nicht. Nein, selbst im Namen seines Sohnes wollte er Euch das Recht auf die Herrschaft streitig machen. Im ganzen Frankenreich wurde damals darüber gespottet.

Und wer sagte Euch in dieser verworrenen Zeit seinen Beistand zu? Mein Vater! Tassilo! Das Volk der Bayern! Sie halfen Euch gegen Karlmann. Sie stärkten Euch den Rücken. Und anders als die Langobarden wandten sie sich nach dessen unerwartetem Tod auch nicht gleich wieder gegen Euch. Sie wollten einfach nur in Frieden und Freiheit leben. Selbstständig und doch in Treue gegenüber ihrem König."

Sie schlug die Beine keck übereinander, sodass ihr rechter Unterschenkel sichtbar wurde. Auf einmal klang ihre Stimme viel mädchenhafter: „Findet Ihr eigentlich auch, dass ich meiner Mutter Liutberga so ähnlich bin? Einige behaupten, ich sähe genauso aus, wie sie in ihrer Jugend. Ihr kanntet sie doch damals. Was meint Ihr?" Sie drehte den Kopf zur Seite, um ihr Profil zu präsentieren.

Der König schwankte leicht und schaute die Prinzessin mit glasigen Augen an. Doch Cotani sprach weiter, als hoffe sie, ihn allein mit ihren Worten zu betören.

„Nun, das ist wohl nicht so wichtig. Ich dachte nur, weil Ihr am ehesten den Vergleich ziehen könnt. Aber darum bin ich nicht hier. Ich kann Euch nur mit allem … was ich habe … darum bitten, dass Ihr als großmütiger Herrscher vergebt. Dass Ihr vergebt … und meinen Vater nicht hinrichten lasst. Denn selbst wenn er gesündigt haben sollte, wäre diese Strafe nicht angemessen. Selbst wenn er selbstherrlich sich überhoben hätte, wäre er deshalb nicht des Todes schuldig. Wenn er stirbt, dann stirbt ein Unschuldiger. Ihr aber könntet Euren Ruf als milder und weiser Richter durch alle Lande tönen hören: ‚Schaut, der große Karl hat ein noch größeres Herz, als wir alle ahnten. Er ist ein wahrer Christenmensch.'"

Nervös nestelte Cotani an ihrem Gewand herum, sodass es immer höher rutschte. „Mein König, es wäre so einfach, das morgige Gottesurteil abzusagen und ein geändertes, ein gnädiges Urteil zu sprechen … Und wenn es etwas gibt, was meine Familie Euch für diese Güte geben könnte … Oder wenn es etwas gibt, das ich Euch für diese Güte geben könnte, dann benennt es einfach … Und Ihr bekommt es sofort … sofort …"

Karl setzte sich unbeherrscht neben Cotani und drückte ihren Oberkörper kraftvoll nach hinten, sodass sie auf dem Bett zu liegen kam. Er zog ihre Arme auseinander und küsste sie, während seine Finger energisch versuchten, unter ihr Kleid zu schlüpfen.

Cotani hörte auf zu atmen und zählte bis drei. Völlig erstarrt.

Eins.

Zwei.

Drei.

So … Das genügte. Mit einem Schrei stieß sie den überraschten König zur Seite, warf sich herum, sprang hinter das Bettgestell und rief laut, wie Einhard es ihr ein halbes Dutzend Mal vorgesagt hatte: „Eine Unschuldige habt Ihr verführt! Eine Unschuldige habt Ihr verführt!" Schluchzend rannte sie aus dem Schlafzimmer.

Karl aber war zu betrunken, um ihr nachzulaufen.

„Du bist ein echter Halunke." Alkuin drehte das Pergament in seinen Händen hin und her. „Und was machst du, wenn ich nicht mitspiele?"

Seine leuchtenden Augen straften sein Zögern aber längst Lügen. „Also, wenn ich das richtig verstanden habe, soll ich jetzt mit diesem Brief zum König gehen … ihn um einen dringlichen Termin bitten … und ihm weismachen, dass dies brisante Schreiben heute Morgen von Rather und Gerhard hierhergebracht wurde … weil die beiden durch Zufall einen erkrankten Reiter aus Spanien getroffen haben … einen Reiter, der jetzt im Spital gepflegt wird.

Das ist doch totaler Wahnsinn … Meinst du nicht, dass Karl das sofort als Finte durchschaut?"

Einhard schaute betreten zur Wand. „Ich weiß es nicht. Natürlich ist es ein Wagnis, ein ungeheuer großes sogar. Aber wir haben die Überraschung auf unserer Seite. Außerdem plagt den König schon länger die unbändige Angst, Gottes Zorn auf sich zu ziehen. Das müssen wir ausnutzen. Es ist Tassilos einzige Chance.

Wenn Karl auch nur ein wenig befürchten muss, sein Handeln als Herrscher könne den Untergang der Welt herbeiführen, dann wird er möglicherweise kein Risiko eingehen wollen.

Bedenke: Er hat mehr als viertausend Sachsen getötet, obwohl diese sich schon ergeben hatten … Er hat die bayerische Prinzessin nachts in sein Bett gezerrt, obwohl es nach den geltenden Lehnsordnungen einem Lehnsherrn streng verboten ist, sich der Tochter eines Vasallen zu nähern – und schon gar nicht einer Jungfrau … Und es liegt in Karls Hand, ob das Urteil gegen Tassilo rechtskräftig wird.

Wenn es stimmt, dass du sein schlechtes Gewissen bist, dann stehst du jetzt vor deiner bedeutendsten Aufgabe, Alkuin. Mach ihm klar, dass diese Anhäufung fragwürdiger Taten Gottes Zorn heraufbeschwört – und er, um Himmels willen, die einzige Sünde verhindern soll, die er noch verhindern kann … das Urteil gegen den bayerischen Herzog."

Der Leiter der Hofschule wiegte den Kopf hin und her. Dann sagte er: „Gut, ich mache es. Um Unrecht zu verhindern … und weil diese Fälschung ein solches Meisterwerk ist, dass es bedauerlich wäre, wenn es nicht zum Einsatz käme."

Er legte das Manuskript vor sich aufs Pult – und las es noch einmal durch. Voller Hochachtung.

Karl, allergnädigster, erhabener, von Gott gekrönter, großer Friede bringender Kaiser, der das Römische Reich regiert und der durch Gottes Barmherzigkeit auch König der Franken und Langobarden ist. Der Friede Gottes sei mit Euch.
Aus dem Kloster San Martin de Turieno im Tal von Lièbana in Asturien sende ich Euch, was mein Herz nicht zur Ruhe kommen lässt.
Zuerst den Wunsch, dass Ihr in Eurem heiligen Kampf gegen den Irrglauben des Adoptianismus, wie er von Elipand von Toledo verbreitet wird, nicht nachlasst. Die Sorge, die viele drückt, dass Gott seine Schöpfung demnächst vergehen lässt, wird genährt durch die verblendeten und irreführenden Lehren dieses Ketzers. Mehr noch aber bekümmert mich eine Warnung, die ich in einer verschollen geglaubten Schrift des heiligen Cyprian von Karthago fand und die ohne Zweifel mit den apokalyptischen Prophezeiungen des Johannes in der Heiligen Schrift zusammenhängt. Dort verheißt unser verehrter geistlicher Lehrer ungetrübt und sinnfällig: Verflucht sei der weltliche Fürst, der eine Unschuldige

verführt, einen Unschuldigen zum Tode verurteilt und Unschuldige vernichtet.
Kommen jene drei grässlichen Taten zusammen, dann wird das Lamm das siebte Siegel des Buches öffnen und die sieben Posaunen erklingen lassen. Darum seid wachsam!'
Solltet Ihr einen solchen Herrscher kennen oder selbst aus Unwissenheit Gefahr laufen, die Höllenpforten durch derartiges Tun zu öffnen, dann bereut sofort und unterwerft Euch der göttlichen Gnade. Andernfalls seid Ihr es, der vor dem Richterstuhl Gottes für das Ende der Schöpfung Rechenschaft ablegen muss. In bangem Hoffen, Beatus von Lièbana.

11

Die drei Männer saßen jeder auf einem Schemel aus rohem Holz. Klobige Blöcke, die speziell für dieses Ereignis angefertigt worden waren.

Alle schauten teilnahmslos und schwitzend hinaus auf den Rhein, der vorbeifloss, als ginge ihn das Geschehen nichts an. Schroff schossen die Felsen links und rechts des Stroms in die Höhe. Hoch bis zur Loreley. Hoch bis zu den Wolken. Zumindest sah es von hier unten so aus.

Mit blitzenden Klingen fuhren die Mönche den schweigenden Männern über den Kopf. Büschelweise fielen ihre dunklen Locken zu Boden – bis sich um die Kandidaten so etwas wie ein magischer Kreis aus Haaren gebildet hatte. Die Rasur bedeutete für die drei Verurteilten einen weiteren Schritt hinein in eine andere Welt, in ein anderes Leben. Mit den Haaren, jenem uralten Zeichen für Macht, Männlichkeit, Leidenschaft und Eitelkeit, verloren sie allen irdischen Eigensinn. Zurück blieb nichts als die blanke, weiße, ohnmächtige Haut. Demütige Haut. Gedemütigte Haut. Nun war der Kopf frei für die Begegnung mit dem himmlischen Vater.

Tassilo und seine Söhne Theodo und Theodebert zuckten bisweilen leicht zusammen, wenn die Messer neben den Haaren auch ein Stück der Kopfhaut mit sich rissen, gaben aber keinen Laut von sich. Auf den zusehends blankeren Schädeln liefen feine Blutfäden hinab und zeichneten mäandernde Linien auf den blassen Untergrund. Wie Flüsse, von einem hohen Berg aus betrachtet.

Alle drei Männer wussten, dass die Aufnahme ins Kloster ihnen das Leben rettete. Und dass sie zugleich ein endgültiger

Abschied von ihrem bisherigen Dasein war. Das Todesurteil gegen den Herzog war umgewandelt worden in eine lebenslange Klosterhaft. Eine Rückkehr in die Politik und den Adelsstand wurde ihm und seiner Familie aber ein für alle Mal untersagt.

Genauer betrachtet, war das Kloster nichts anderes als ein geistlicher Kerker, in dem sich die Männer mit der Suche nach dem Seelenheil beschäftigen konnten … durften … mussten. Hier würden sie für den Rest ihres Lebens bleiben, falls es nicht zu einer völligen Umkehr der Machtverhältnisse im Frankenreich kommen würde.

Am Morgen des geplanten Gottesurteils war ein Bote des Königs im Gemach des Herzogs erschienen und hatte unverblümt gefragt, ob Tassilo bereit sei, die Reichsversammlung um seine Aufnahme ins Kloster zu bitten. Reumütig und verzweifelt. Ob er – nach bestem Wissen und Gewissen – das tiefe innere Bedürfnis verspüre, der Welt zu entsagen, sich mit seiner Familie aus allen weltlichen Ämtern zurückzuziehen und sich ganz dem Dienst am Werk Christi und an den Armen zu widmen.

Zuerst hätte Tassilo den dreisten Herold am liebsten erwürgt. Dann aber hatte ihm seine Gattin Liutberga zu verstehen gegeben, dass er einfach mal den Mund halten und zustimmen solle – was er dann zähneknirschend auch getan hatte. Wichtig war: Er musste nicht gleich sterben. Und wer weiß, was die Zeit noch bringen würde. Das war vergangene Woche gewesen.

Gestern Nacht hatte dann Cotani den Männern ihrer Familie gestanden, wie sie unter dem unwürdigen Einsatz ihrer körperlichen Reize den König dazu gebracht hatte, das grausige Todesurteil nicht zu bestätigen. Weil sie das vorzeitige und mit fälschlichen Beweisen erzwungene Dahinscheiden ihres Vaters nicht hätte ertragen können. Zum Glück hatten einige Gelehrte der Hofschule sie in ihrem Bestreben unterstützt und das Ganze zu einem guten Ende gebracht.

Ja, Alkuin hatte dem König wenige Stunden nach den Ereignissen in dessen Schlafzimmer einen frisch eingetroffenen Brief des spanischen Propheten Beatus präsentiert und ihn hintersinnig gefragt, ob sich der Herrscher der Franken durch die darin genannten Voraussagen möglicherweise angesprochen fühle.

Wieso?

Nun, immerhin seien ja das Massaker an den Sachsen und die inszenierte Verurteilung des bayerischen Fürsten schon zwei der im Dokument genannten drei Vorzeichen für den zu befürchtenden Weltuntergang. Denn Rechtsordnung hin oder her – allen Beteiligten sei doch klar, dass der Vorwurf des „Harisliz" nach fünfundzwanzig Jahren ein wenig willkürlich daherkomme. Ob es denn eventuell eine keusche Jungfrau gebe, die sich von ihm, dem allerheiligsten Herrscher, verführt fühlen könnte. Nur aus Sicherheitsgründen würde er den König das fragen.

Karl hatte die infame Verdächtigung weit von sich gewiesen, empört. Doch war es ihm zugleich wichtig gewesen, bei derart heiklen und weitreichenden Fragen den Himmel nicht zu versuchen. Man konnte nie wissen. Weibsbilder verstünden ja manches falsch.

Als Alkuin seinem König daraufhin empfohlen hatte, aus diplomatischen Gründen das Todesurteil gegen Tassilo fallen zu lassen und ihm stattdessen das Kloster anzubieten, schien das beiden eine segensreiche Lösung zu sein.

Nur kein Risiko.

Nicht auszudenken, wenn Gott, der Allmächtige, aufgrund eines Missverständnisses den Segen von seinem König nähme und ihn stattdessen zum Auslöser des Weltuntergangs machte.

Der Retter als Zerstörer.

Der Erneuerer als Totengräber.

Der Glaubensstifter als Anstoß des Endgerichts.

Ein Gräuel. Eine so schmerzhafte Vorstellung, dass sie auf jede nur mögliche Weise verhindert werden musste. Und wenn Karl dabei noch als gnädiger und freundlicher, ja gerechter Herrscher auftreten konnte: umso besser.

Tassilo hatte sich noch am gleichen Tag vor den versammelten Fürsten des Reiches zu Boden geworfen – und ihm war freundlich erlaubt worden, das Mönchsgelübde abzulegen. Genau genommen am 8. Juli, am Vorabend des Gedenktages des heiligen St. Goar. Eine besondere Ehre für den Verurteilten und seine gesamte Familie, die dem Vorbild des Vaters folgte. Anschließend sollte Tassilo zur Abtei Jumièges aufbrechen, die sehr weit weg lag von seinem bisherigen Einflussgebiet.

Während der Hofstaat und die Gäste der Reichsversammlung zu Hunderten nach St. Goar gezogen waren, um das makabere Schauspiel des Scherens mitzuerleben, bekam Einhard, der in Ingelheim geblieben war, in seiner Zelle Besuch.

Unerwarteten Besuch.

Bleich stand Cotani in der Tür, zog sie rasch hinter sich zu und sagte tonlos: „Ich bin gekommen, um den vereinbarten Preis zu bezahlen."

Sie streifte ihr Oberkleid ab – und stand nackt vor ihm. So schön, dass es Einhard den Atem raubte. Regungslos starrte er sie an. Das schüchterne Gesicht, die roten Locken auf ihrer Schulter, den geschwungenen Hals, die straffen Brüste, den winzigen Bauchnabel, das rötliche Dreieck zwischen ihren Beinen, die zusammengedrückten Beine, die schlanken Fesseln, die zierlichen Füße, deren Zehen nervös zuckten. Kein Maler der Welt hätte etwas Verführerischeres malen können.

Einhard musste sich zwingen, weiterzuatmen. Denn noch betörender als dieser Anblick war ihr Geruch … der Hauch von Mandelblüten, Vanille und frischem Mädchenschweiß, der jetzt die kleine Zelle erfüllte. Für einen kurzen Augenblick schloss er die Augen, um diesen vollen Duft tief in sich aufzunehmen.

Für immer.

Mit jeder Pore seines Körpers, mit jedem Atemzug seiner Lungen.

Cotani schluckte mehrfach. Dann kam sie einen Schritt auf ihn zu. „Ich … gehöre dir! Du hast mich verdient. Du hast meinen Vater gerettet. Und ich habe dir am Rhein versprochen, dass du dafür einen angemessenen Lohn bekommst." Sie schaute ihn an.

Hilflos.

Scheu.

Fragend.

Langsam, sehr langsam erhob sich Einhard von seinem Stuhl am Fenster, ging auf Cotani zu, hob ihr samtenes Kleid vom Boden auf und legte es vorsichtig um ihre Schultern.

Mit trockenem Mund sagte er: „Ich danke dir. Aber ich kann diese Bezahlung nicht annehmen. Liebe ist kostbar, viel zu kostbar, als dass man sie wie eine Ware behandeln sollte. Und wenn du deinen Körper verschenken möchtest, dann solltest du das an einen Mann tun, den du liebst und mit dem du dein Leben teilen willst. Nicht an einen, der etwas getan hat, was für einen Edelmann selbstverständlich ist."

Da fing Cotani an zu weinen. Schlagartig. Als würde alle Anspannung mit einem Mal von ihr weichen, sackte sie zusammen und setzte sich auf Einhards Bett. Verzweifelt und bebend.

Einhard nahm neben ihr Platz und legte seinen Arm um ihre Schultern, um sie zu trösten. Wie gut sich das anfühlte. Wie warm und zugetan.

Beruhigend sagte er: „Es ist gut. Es ist alles gut. Du schuldest mir nichts. Wirklich. Ich bin froh, dass ich dazu beitragen konnte, Tassilos Leben zu retten. Das habe ich gerne gemacht … Und eigentlich habe ich ja nur etwas wiedergutgemacht, da ich durch meinen Brief an dich ungewollt Teil der Verschwörung geworden war …"

Warum, verflucht noch mal, sagte er das alles?

Cotani legte den Kopf in ihre Hände und schwieg. Doch dann platzte sie heraus: „Und wenn ich es will?"

Einhard hob den Kopf. Hoffnungsvoll. „Wenn du was willst?"

Cotani stammelte: „Wenn ich … wenn ich will, dass du dich … Nun, wenn ich dein sein möchte?"

Ganz vorsichtig legte sie ihre rechte Hand auf sein Bein. Überrascht von der eigenen Tollkühnheit. Dann murmelte sie: „Auch ich werde ganz bestimmt von Karl ins Kloster geschickt. Wahrscheinlich morgen schon. Angeblich nach Chelles. Sehr weit weg. Tja, seit in Konstantinopel eine Kaiserin an der Macht ist, Irene, seitdem fürchtet der König wohl, dass auch einflussreiche Frauen zu einer Konkurrenz für ihn werden können."

Sie schaute Einhard an. Mit großen Augen. Dann murmelte sie verlegen, aber mit zunehmender Kraft: „Und wenn ich den Rest meines Lebens im Kloster verbringen muss – gegen meinen Willen und gegen mein Verlangen –, dann will ich vorher wenigstens einmal … die Freuden des Körpers erfahren haben. Um davon in langen, einsamen Winternächten zehren zu können."

Sie öffnete ihr Kleid wieder, das sie vor dem Körper übereinandergeschlagen hatte. „Einhard, tu ein gutes, ein wohltätiges Werk … und zeig mir die Freuden der Liebe. Bitte."

Einhard zögerte.

Cotani fing an ihn zu streicheln. Unbeholfen und doch zielstrebig. „Du bist für mich nicht irgendein Mann, Einhard. Du bist der Erste, für den ich etwas empfinde. Als Frau. Du berührst mich … darum … lass uns eins werden."

Sie drehte sich zu ihm und küsste ihn. Weich und neugierig suchten ihre Lippen die seinen. Zärtlich. Verwirrt wandte Einhard sich ab. Er musste dazu alle Energie aufwenden, die er besaß.

„Was ist? Gefalle ich dir etwa nicht? Hast du deswegen die Augen zugemacht, als ich mich dir eben gezeigt habe?" Auf Cotanis Gesicht machte sich Trostlosigkeit breit. Und Furcht.

Einhard schwieg. Wie hätte er ihr deutlich machen können, dass alles in ihm brannte? Dass er nichts lieber tun würde, als ihren verlockenden Körper zu erkunden? Jeden Millimeter ihrer Haut und jede Fuge. Dass sie alle seine Vorstellungen übertraf. Dass sie für ihn immer die perfekte Frau bleiben würde. Und dass er sich schon beim Aufnehmen ihres Duftes mehr mit ihr vereint hatte, als das Körperteile jemals würden vollbringen können?

Mit Tränen in den Augen schüttelte er den Kopf.

Nach einigen schwebenden Momenten sagte er: „Es wäre nicht richtig. Wir würden uns nicht aus Liebe lieben, sondern aus Not. Aus reiner Triebhaftigkeit. Und wenn es wirklich ein himmlischer Genuss ist, wie alle behaupten, wäre es dann nicht besser, du würdest ihn nicht kennen, bevor du dich dein Leben lang vergeblich danach verzehren musst? Glaub mir: Du bist die begehrenswerteste Frau, die mir je begegnet ist … mein Gott, bist du schön … aber ich werde nicht ‚eine Unschuldige verführen', wie Beatus schreibt."

Cotani nahm ihre Hand von seinem Bein: „Das hat nicht Beatus geschrieben, das hast du dir ausgedacht. Du Mistkerl! Ist es dir lieber, dass ich mich willkürlich einem Soldaten hingebe? Dass ich hinausgehe in die Zelte der Söldner? Nur weil du zu feige bist, mir Lust zu schenken?"

Sie sprang auf.

Einhard zuckte zusammen. Dann sagt er leise: „Tu das bitte nicht. Dafür bist du viel zu wertvoll. Für mich."

Die Prinzessin lief in der Zelle auf und ab. Wobei ihr Mantel weit auseinanderklaffte. Dann sagte sie mit klarer Stimme: „Lass uns fliehen. Einhard. Du und ich ... die Pferde meines Vaters stehen im Stall. Und ich bin sicher, deine Freunde Rather und Gerhard kennen einen sicheren Ort, an den wir gehen können. Irgendein abgelegenes Fürstentum. Irgendeine Burg. Irgendeine Kate. Und sei es der Hof der Awaren. Dort hat Karl keinerlei Zugriff auf uns ..."

Der Lehrer biss sich in die Hand. „Du bist eine Prinzessin!"

Cotani lachte höhnisch auf. „Unfug. Hörst du! Ich bin keine bayerische Herzogstochter mehr. Ich bin eine Verdammte. Eine Verlorene. All meine Würde wurde mir geraubt. Schau mich an, Einhard. Ich bin nur noch Cotani. Ein ... ein ... Mädchen, das leben will. Einfach nur leben. Und lieben. Ein Mädchen, das nichts mehr zu verlieren hat. Gar nichts mehr ..."

In ihrer Stimme lag jetzt tiefste Verzweiflung: „Lass uns alles auf eine Karte setzen, davonreiten und zusammen glücklich werden. Vielleicht glaubst du dann, dass ich dich liebe – und bist auch irgendwann bereit, mit mir das Lager zu teilen. Irgendwo da draußen ...", sie deutete aus dem Fenster, „da wartet unsere Zukunft.

Ich meine: Wir beide können lesen und schreiben. Das heißt: Es wird uns immer gelingen, in irgendeiner Weise unseren Lebensunterhalt zu verdienen. Dessen bin ich mir gewiss. Und wenn ich dir auch ein wenig bedeute, dann wird uns nichts aufhalten können."

Ihre Augen waren jetzt weit aufgerissen. „Sag mir, Einhard, liebst du mich? Das ist alles, was ich wissen muss. Liebst du mich?"

Einhard schloss noch einmal die Augen, atmete Cotanis verführerischen Duft ein, spürte ihn durch seinen Körper fluten.

Dann zog er sie auf sein Bett und küsste sie. Voller Hingabe. Als könnten ihre Zungen einander all das sagen, was den Worten versagt blieb. Keuchend streichelte er ihre Brüste und ließ dann seine Finger an ihren Beinen entlanggleiten, die sie willig öffnete …

„Einhard?“

Ein energisches Klopfen ließ Cotani und Einhard erstarren. Beide hielten unwillkürlich die Luft an.

„Einhard, alles klar bei dir?“

„Ja, ich … äh … ich wasche mich gerade. Was gibt … es denn?“

Der Lehrer erkannte den etwas unbeholfenen Gehilfen Angilrams an der Stimme. „Du sollst zu Alkuin kommen. Er braucht dich im Skriptorium. Ich soll dir Beine machen.“

Einhard atmete schwer. „Ich … komme sofort.“

Cotani klammerte sich an ihn. „Geh nicht. Liebe mich.“

Er küsste sie. „Ich muss. Aber ich komme wieder. So schnell ich kann.“

12

Seligenstadt, im Jahre 839

Ich habe gelogen. Ich habe Cotani damals angelogen. Roh. Grausam. Schonungslos. Und verletzend. Einfach angelogen. Wenn ich nur wüsste, warum.

Warum?

Warum habe ich das getan?

Ich wünschte, ich würde allmählich ein wenig altersweise und bekäme darauf eine Antwort. Bevor es zu spät ist. Warum habe ich mich nicht beeilt? Warum kam ich so spät zurück in meine Zelle, dass sie nicht mehr da war? Nicht mehr da sein konnte.

Ich habe sie doch geliebt. Unfassbar geliebt sogar. Mehr als mich selbst. Und liebe sie immer noch. Ja, ich trage bis heute ihren Duft in mir wie einen verborgenen Schatz. Und jedes Mal, wenn ich an einem blühenden Mandelbaum vorbeigehe oder mir die zarte Haut Cotanis vorstelle, wird diese Schatztruhe erneut geöffnet. Welch ein Strahlen. Welch ein Schmerz. Denn sie ist randvoll gefüllt. Mit Reichtum, den ich nicht greifen kann.

Dann falle ich in eine tiefe Lethargie, bisweilen für mehrere Tage. Verwünsche mich und die Enden des Universums. Hadere mit meinen vergeudeten Jahren – und bisweilen auch mit Gott im Himmel, der mich im rechten Moment das Falsche tun ließ. Dieser uneindeutige, wankelmütige Gott, der mir das Glück zu Füßen legte und mir nicht die Kühnheit gab, es zu ergreifen.

Das ist so lange her. Und hat mich dennoch nie verlassen.

Warum?

Warum habe ich das getan?

Darüber habe ich all die Jahrzehnte nachgedacht. Jeden Tag. Als wäre mein Leben nichts anderes als der jämmerliche Versuch, diese Frage zu klären: Warum habe ich Cotani damals angelogen?

Vielleicht, weil ich zu ängstlich war? Mir nicht vorstellen konnte, als ewiger Flüchtling durch das Reich der Franken zu hetzen, ständig in Sorge, der ach so freundliche Wirt im fremden Gasthaus werde uns, das verliebte Paar, denunzieren? Fehlte es mir einfach an ritterlicher Tapferkeit? Bin ich in Wahrheit ein Feigling, der vor allem Unbekanntem davonrennt? Schamvoll gestehe ich: Es könnte sein.

Vielleicht, weil ich zu jung war? Noch nicht bereit, mich an einer Gabelung der Straße für einen der Wege zu entscheiden? Gerade erst war ich der Verlockung des Wissens erlegen, hatte in der Hofschule die Schönheit des Denkens erlebt, den Reiz, mit dem Verstand die Welt aus den Angeln zu heben. Habe ich die Liebe gegen die Weite der Fantasie ausgespielt? Auch das ist möglich.

Vielleicht, weil mich die Liebe selbst überforderte? Dieses neuartige, beißende Gefühl der Abhängigkeit. Ich war jenem grenzenlosen Begehren so hilflos ausgeliefert. Nicht ich bestimmte mein Tun, sondern die Liebe kommandierte mich herum. Nahm mir die Freiheit. Unterjochte mich. Nun, möglicherweise war ich zu unerfahren und zu naiv, um zu erkennen, dass ein Gefangener der Liebe den Schlüssel zu allen Kerkern dieser Welt in der Hand hält.

Vielleicht war es aber auch der großartige Traum des Königs, der mich in seinen Klauen hielt. Die Möglichkeit, durch mein Schaffen etwas zu dem neuen Reich des Friedens beitragen zu können. Mit Bildung die Menschen zu einen: was für eine verlockende Aufgabe. Den wahren Glauben an Jesus Christus zu verbreiten: Musste nicht das meine eigentliche Berufung sein? Würde ich nicht dadurch Heil finden: dass ich mich selbst aufgab?

Zumindest habe ich mir das später immer wieder eingeredet. Dass mein emsiges Wirken an der Hofschule Gottes Willen widerspiegele. Doch ich wusste, dass es anders war: Ich verausgabte mich in meiner

Tätigkeit, weil die Politik Karls meine Rechtfertigung war. Meine ohnmächtige Wiedergutmachung eines schändlichen Scheiterns.

Ich wurde ein glühender Anhänger Karls, weil ich darin meine Sühne suchte. Meine Entschuldigung. Ja, nur wenn ich erfolgreich das Frankenreich mit aufbaute, hatte ich eine Erklärung für die verheerende Entscheidung in Ingelheim. Für diesen Augenblick der Schwachheit, in dem ich gleich zwei Existenzen vernichtete: Cotanis und meine eigene ... zumindest das Leben, das ich hätte leben können, wenn ich nur eine Minute, einen Moment ritterlicher gewesen wäre.

So stand ich all die Jahre mit tränenverschleierten Augen an meinem Schreibpult und bemühte mich, die Welt zu verändern, weil ich mich selbst nicht hatte verändern können. Ich, dessen Namen ja „Starkes Schwert" bedeutet. Welch ein Armutszeugnis. Welch ein Betrug. Welch eine Lüge. Ich weiß noch, dass ich damals in der „Admonitio Generalis" schrieb:

> Haltet diese reiner Frömmigkeit entsprungenen Anweisungen nicht für anmaßend, sondern nehmt sie mit Liebe und Wohlwollen auf. Sie möchten Fehlerhaftes korrigieren, Unnützes ausscheiden und Wahres bekräftigen. Denn es ist unsere Aufgabe, dem Beispiel der Heiligen zu folgen.

Heilig wollte ich sein. Weil ich ahnte, dass ich es niemals sein würde.

Als Tassilo damals ins Kloster Jumièges verbannt wurde, zeigte sich, dass seine Allianzen im Süden doch um einiges stärker waren als gedacht. Oder aber seine ehemaligen Verbündeten hofften, sie könnten die Gunst der Stunde nutzen und mithilfe des empörten bayerischen Adels die Schmach des Herzogs ausmerzen.

Jedenfalls musste Karl noch im Jahr 788 vier Schlachten schlagen. Als Erstes fiel Adelchis, der Schwager Tassilos, mit einem byzan-

tinischen Heer ins Land ein und versuchte, die langobardische Königskrone zurückzugewinnen. Er scheiterte jedoch, weil seine in Kalabrien gelandeten Truppen früh auf massiven Widerstand stießen. Gleichzeitig erhoben sich die ehemals langobardischen Dukate von Spoleto und Benevent gegen die Franken, während die Awaren ebenfalls Rache für die unrechtmäßige Erniedrigung des bayerischen Volkes forderten. Kurz: Man hatte den Eindruck, der gesamte Süden erhebe sich.

Doch all diese, von Tassilos Prozess ausgelösten Aufstände konnte Karl nach kurzer Zeit niederschlagen. Der König seinerseits nutzte die Unruhen und besann sich, um seine Macht zu festigen, auf einen aus Vorzeiten überlieferten Merowingerbrauch. So mussten im Jahr 789 alle Männer, die älter waren als zwölf Jahre, einen Treueeid auf ihren „Allmächtigen Herrscher" schwören. Ganz gleich, ob frei oder unfrei. Und wer den Eid verweigerte, wurde ohne Zögern verhaftet und weggesperrt.

Tassilos Anhänger und Freunde aber ließen nicht locker. O nein. Je länger der Herzog eingesperrt blieb, desto verklärter wurde sein Bild. Sogar die bayerischen Adeligen, die ihn früher verachtet hatten, sprachen plötzlich mit großer Hochachtung von ihm – von dem sagenumwobenen, heldenhaften „Dux Baiuvariorum", der sein Volk in die wohlverdiente Unabhängigkeit hatte führen wollen. Und der es immer noch konnte.

In einigen Klöstern, die der Herzog gestiftet hatte, entwickelte sich, so hat man mir erzählt, eine beinah sakrale Form der Verehrung dieses „Förderers des christlichen Glaubens". Und noch zu seinen Lebzeiten wurde vorgeschlagen, Tassilo möglichst bald heiligzusprechen.

Karl reagierte auf diese missliebige Entwicklung schnell und energisch. Schon 790 erließ er eine klare Anordnung, dass alle Schriften von und über Tassilo sofort zu vernichten seien. Ab ins Feuer damit!

Und um ganz sicherzugehen, dass den Umtrieben Einhalt geboten wurde, verbrachte Karl selbst zwei aufeinanderfolgende Winter in den Jahren 791 bis 793 in der bayerischen Herzogstadt Regensburg, um die Einverleibung des Landes in das fränkische Reich persönlich abzusichern. Darüber hinaus setzte er seinen Schwager, den fränkisch-allemannischen Grafen Gerold, als bayerischen Präfekten ein.

Doch das alles half nichts. Bayern, Awaren, Langobarden: Sie träumten gemeinsam davon, dass Tassilo eines Tages aus dem Kloster befreit zurückkehren, die Gegner der Franken vereinen und in einer großen Schlacht gegen die Karolinger führen werde. So lebendig war diese Hoffnung, so feurig und so herausfordernd, dass Karl nicht umhinkam, den Herzog ein weiteres Mal vorzuführen.

794, bei der von Karl lang ersehnten Reichssynode in Frankfurt, musste Tassilo erneut auftreten. Und nicht nur das: Er musste vor den versammelten Deligierten erklärten, dass er und seine Nachkommen für alle Zeiten abgedankt hätten und auch niemals wieder zurückkehren wollten. „Niemals!"

In den Akten der Synode heißt es:

> Tassilo stand inmitten des hochheiligen Konzils und bat um Vergebung für seine vielfachen Verfehlungen. Man sah, wie demütig er beim König um Gnade flehte und wie er, allen Zorn und allen Aufruhr und alles, was er Übles gegen ihn zu tun gedacht hatte, fallen ließ. Alle Rechtsansprüche und allen Besitz, soweit er ihm oder seinen Söhnen oder Töchtern im Herzogtum Bayern rechtmäßig zugestanden hätten, gab er dahin und verzichtete darauf.

Von da an wurde es ruhiger. Viel ruhiger. Später, viele Jahre später, verstarb Tassilo im Kloster Lorsch. Alt, aber nicht lebenssatt, sondern um sein Reich betrogen.

Doch Karl wurde von den Ingelheimer Ereignissen weiterverfolgt. Dass Papst Leo III. ihm am ersten Weihnachtsfeiertag des Jahres 800 in Rom unerwartet die Kaiserkrone aufs Haupt setzte und ihn damit zum mächtigsten Mann der Erde machte, kam nicht ganz so überraschend, wie ich es später in meiner „Vita Karoli Magni" beschrieben habe.

Karl hatte voller Ungeduld auf dieses Ereignis gehofft. Nein, viel mehr noch. Ich kann es an dieser Stelle getrost zugeben, dass der König das gesamte Jahr 800 über unruhig gewesen war. Nervös. Fahrig. Als plage ihn die heimliche Sorge, Beatus könne am Ende doch recht behalten und mit der Apokalypse auch den Untergang des fränkischen Reiches verkünden. Als der König dann endlich die Kaiserwürde besaß, hatte er sein wichtigstes Ziel erreicht. Da war alles gut. Für ihn.

Nebenbei bemerkt, selbstverständlich hatte Karl in Ingelheim Verdacht geschöpft. Er war viel zu klug, um nicht nachzuhaken. Nach der Begnadigung Tassilos ließ er Erkundigungen über jenen seltsamen prophetischen Brief aus Spanien einholen. Und ich hielt es auf Anraten Alkuins für besser, erst einmal nach Fulda zurückzukehren. Bis mich Alkuin 794 vor der Frankfurter Synode erneut zu sich rufen ließ. Übrigens wieder durch Rather und Gerhard, mit denen ich noch viele Jahre in Kontakt geblieben bin.

Cotani dagegen habe ich nie wiedergesehen. Aber sie war ja die ganze Zeit bei mir. In meinen Gedanken, in meinen Träumen, in meiner zermürbenden Verzweiflung, meiner Angst. Meine Lebensgeschichte lässt sich nicht erzählen ohne diese übermütige, stolze Frau, die mir ein Angebot machte, das ich niemals hätte ausschlagen dürfen. Oder doch?

Da ist es wieder, dieses „Was wäre, wenn …"

Was wäre gewesen, wenn ich sie geliebt hätte, in meiner kleinen Ingelheimer Zelle? Wild und leidenschaftlich? Wenn ich mit ihr geflohen wäre? Irgendwohin … weit fort. Einfach nur weg, ins Reich der Liebe, in dem es keinen Herrscher gibt. Wenn ich mit ihr in Byzanz gelebt und geträumt hätte … Kinder bekommen hätte …

Nein, es hilft nichts. Ich habe gewählt. Und werde lernen müssen, dazu zu stehen. Wenn ich das nur könnte …

Schon wieder muss ich husten. Es zerreißt mich schier. Als löse sich etwas in meinen Inneren, das nach außen drängt. Ich bin müde.

Gerade war Candidus in meinem Raum. Ein Bote hat ein Pergament gebracht. Einen Brief aus einem Kloster in Frankreich. Verdammt … Warum kann ich die Hoffnung nicht fahren lassen, es könnte eine Botschaft von ihr sein? Von der „Tochter des Verräters".

Seit mehr als fünfzig Jahren warte ich darauf. Ich habe meinen Assistenten gebeten, er möge mir den Brief erst später zeigen. Um einen Moment in dem Glauben baden zu können, er wäre tatsächlich von ihr.

Nein, ich halte es nicht aus. Er muss mir diesen Brief bringen.

Sofort …

Karl erstrahlt
inmitten des Heeres,
frohgemut; golden deckt
der Helm das Haupt,
glanzvoll erscheint er
in der Rüstung,
ein riesiges Ross trägt
den gewaltigen Herrscher.

KARLSEPOS (9. Jh.)

„Die Tochter des Verräters" – *eine wahre Geschichte?*

Der bayerische Herzog Tassilo III. wurde tatsächlich im Jahr 788 auf dem Ingelheimer Reichstag – angeblich wegen Hochverrats – zum Tode verurteilt. Auch seine spätere Begnadigung ist uns in mehreren Quellen überliefert. Die Historiker sind sich seit Längerem einig, dass es der fränkischen Herrscherdynastie bei diesem inszenierten „Prozess" in erster Linie darum ging, ein öffentlichkeitswirksames Exempel zu statuieren. Und natürlich darum, das allzu aufmüpfige Bayern kurzerhand dem neuen fränkischem Großreich einzuverleiben. Sprich: Nach den turbulenten Ereignissen in der Königspfalz am Rhein wussten nun alle Fürsten im Land, wer der „Herr im Haus" ist – nämlich Karl der Große, der sich zwölf Jahre später in Rom spektakulär zum Kaiser krönen ließ.

Insofern basiert mein Roman auf einer wahren Begebenheit. Ich habe mich redlich bemüht, die historischen Ereignisse in ihren gesellschaftlichen Zusammenhängen korrekt darzustellen: die Reichsversammlung, die politischen Verwicklungen der damaligen Zeit, das umtriebige Leben bei Hof – und die vielschichtigen Auswirkungen des Ingelheimer Reichstags auf das Weltgeschehen.

Natürlich denken, sprechen und argumentieren meine Protagonisten in der Regel wie Menschen der Neuzeit. Und doch war es mir wichtig, etwas von der besonderen Atmosphäre und der Wirklichkeit des 8. Jahrhunderts spürbar werden zu lassen. Zudem sind alle zitierten Quellen Originaltexte (natürlich abgesehen vom „Brief des Beatus"). Zu meiner „historischen" Erzählung gehört auch der Versuch, ein halbwegs authentisches Bild des großen Frankenkaisers zu skizzieren, der bei aller Verehrung, die ihm bis heute entgegengebracht wird (und bei all seinen hehren Absichten), eben auch ein kaltschnäuziger Politiker, ein Lebemann und offensichtlich ein Frauenheld war. Das tut seiner historischen Leistung keinen Abbruch – und Europa sähe heute sicher deutlich anders aus, wenn es diesen leidenschaftlichen Herrscher mit seiner klugen Idee eines durch Werte, Ideale und Glauben vereinten Kontinents nicht gegeben hätte. Mir geht es da ein wenig anders als meinem Helden Einhard: Ich sehe lieber den Menschen Karl vor mir als den verklärten König der frühen Hofliteratur.

Dabei sind die Folgen von Karls Politik bis heute erkennbar: Beispielsweise wüssten wir ohne seine Investition in die Bildung und den Erhalt wertvoller antiker Quellen heute vermutlich kaum noch etwas von Cicero, Ovid, Vergil, Horaz, Quintillian oder Cäsar – da deren Werke bis dahin nur auf vergänglichem Papyrus existierten.

Karl ist unbestritten der geistige Vater der europäischen Idee – und viele theologische Weichenstellungen des „Carolus Magnus Imperator" prägen gerade die großen Volkskirchen bis heute. Ja, ohne Karl gäbe es in unseren Gottesdiensten keinen „Friedensgruß“ – und der „Beschützer des Glaubens“ hat sogar einige liturgische Elemente wie das Glaubensbekenntnis verpflichtend eingeführt.

Auch Cotani, die Tochter Tassilos III., hat existiert und war bei der Ingelheimer Reichsversammlung anwesend. Doch jetzt kommt das große „Aber“: Wie und warum Karl seinen Verwandten Tassilo am Ende des Prozesses begnadigte, darüber wissen wir leider gar nichts. Was auch daran liegt, dass die Quellen des Frühmittelalters alle eher wie Ergebnisprotokolle verfasst wurden und daher sehr wenig über die Motive der Handelnden verraten.

Höchstwahrscheinlich steckte hinter der Wende im Ingelheimer Prozess einfach nur diplomatisches Kalkül. Karl wollte gleichzeitig als strenger und als gnädiger Herrscher wahrgenommen werden. Doch das wäre mir zu wenig gewesen. Deshalb hat meine Fantasie die historischen Lücken mit einer – wie ich finde – charmanten „Liebesgeschichte“ gefüllt und mithilfe einiger anderer Motive (wie etwa der Verbindung mit der damals überall bekannten Weltuntergangsprophetie des Spaniers Beatus) die überlieferten Geschehnisse poetisch miteinander verbunden.

Ob Einhard der lieblichen Cotani wahrhaftig begegnet ist, kann keiner sagen, auch wenn sich um den weisen Denker später gleich mehrere amouröse Legenden rankten. Ich kann mir sehr gut vorstellen, dass ihm ein fast gleichaltriges Mädchen bei der Reichsversammlung in der Ingelheimer Pfalz aufgefallen wäre …

Wenn er denn tatsächlich dabei gewesen ist! Denn auch das wissen wir nicht so genau. Einige Historiker vermuten, dass Einhard erst 794 als Schüler Alkuins an den Hof kam. Mir scheint es jedoch überzeugender, dass ein so gebildeter junger Mensch zu dieser Zeit schon mit achtzehn Jahren intensiv an der Hofschule gefördert wurde.

Vielleicht genügt es ja zu sagen: Die Rahmenhandlung dieses Romans ist historisch belegt, die darin aufgezeigten Beziehungen habe ich, wie man so schön sagt, „mit Leben gefüllt". Wer Lust hat, kann gerne in den vielen Publikationen zu Karl dem Großen, die gerade im Umfeld des Jubiläums von 2014 (1200 Jahre Todestag Karls des Großen) wieder reichhaltig den Markt bereichern, nachschauen, was damals „wirklich" passiert ist. Ich für meinen Teil möchte mir Karl und Einhard gar nicht mehr ohne Cotani vorstellen. Sie hat mir die turbulente Zeit vor 1200 Jahren neu vor Augen geführt. Und dafür bin ich ihr als Schriftsteller dankbar.

Und ich danke Sandra Matz, Nanni Klingbein und Peter Krausch, die sich bei der Geburtstagsparty meiner wunderbaren Frau – angeregt auch durch den süffigen Sekt – die damals erst halb fertige Geschichte von Cotani und Einhard neugierig angehört haben und mir dann durch ihre klugen Anregungen geholfen haben, den Plan der „Tochter des Verräters" zu entwickeln.

Worterklärungen

ANATHEM	Kirchenbann. Meint eine Verurteilung durch die Kirche, die mit dem Ausschluss aus der kirchlichen Gemeinschaft einhergeht und kirchenrechtlich mit einer Exkommunikation gleichzusetzen ist.
AWAREN	Ein zentralasiatisches Reitervolk, das im Frühmittelalter über 200 Jahre großen Einfluss auf die europäischen Machtverhältnisse hatte.
HÄRESIE	Wie „Ketzerei" eine Glaubenslehre, die im Widerspruch zu den Dogmen der offiziellen Kirche steht.
HOFSCHULE	Karl der Große versammelte zahlreiche Gelehrte aus ganz Europa an seinem Hof, die ihn berieten und zugleich die sieben freien Künste lehrten: Grammatik, Rhetorik, Dialektik, Arithmetik, Geometrie, Musik und Astronomie. Dazu Theologie, Sport und Kampfkunst.
KAPITULAR	In der Rechtsgeschichte bezeichnete dieser Begriff in der Zeit der Karolinger „hoheitliche Anordnungen", die im Sinn von Gesetzen verabschiedet werden. Der Name hat damit zu tun, dass solche Verlautbarungen meist mehrere „Kapitel" hatten.

LANGOBARDEN	Ein elbgermanischer Stamm, der 166 nach Christus ins römische Reich eindrang, sich hier festsetzte und große Teile des heutigen Italien beherrschte. Daher kam es zu anhaltenden Kriegen mit den päpstlichen Truppen. Desiderius, der letzte Langobardenherrscher, wurde von Karl dem Großen besiegt.
LEHEN	Im frühen Mittelalter entwickelte Sozialstruktur, nach der ein Lehnsherr (meist der König) seinen Fürsten ein Nutzungsrecht für Land zusprach. Der Lehnsmann, der Vasall, war mit seinem Lehnsherr durch einen Eid verbunden und musste im Gegenzug Lehnsabgaben zahlen.
MISSI	Königsboten (Einzahl = Missus). Bezeichnet im frühen Mittelalter allgemein einen Bevollmächtigten eines Großen in dessen Gebiet. Karl der Große erstellte ein durchdachtes System von jeweils zwei Gesandten, die die Durchführung der königlichen Anordnungen und der Lehnsabgaben kontrollierten.
REICHSTAG	Meist „Reichsversammlung“ – ein jährliches Treffen, das der König einberief, um mit den Oberen seines Landes alle anstehenden Fragen zu klären und gegebenenfalls zu Gericht zu sitzen.

SENESCHALL So wurde bei den Karolingern der höchste Hofbeamte genannt, derjenige, der das königliche Hauswesen leitete.

SKRIPTORIUM Schreibstube. Hier wurden in Klöstern und bei Hof Texte verfasst, vor allem aber kopiert. Da im Skriptorium alle wesentlichen Informationen festgehalten und zu Pergament gebracht wurden, waren sie oftmals zugleich die eigentlichen Stätten der Forschung.